NOTICE

DE

LIVRES CLASSIQUES

A L'USAGE

DE L'ENSEIGNEMENT SECONDAIRE

ET DE

L'ENSEIGNEMENT SUPÉRIEUR

———————

PARIS

LIBRAIRIE HACHETTE ET Cie

79, BOULEVARD SAINT-GERMAIN, 79

—

1902

TABLE DES MATIÈRES

On adressera franco aux personnes qui en feront la demande :

Le catalogue des livres d'éducation et d'enseignement;
Le catalogue des livres de littérature générale et de connaissances utiles;
Le catalogue des livres reliés pour les distributions de prix;
Le catalogue des livres à l'usage des bibliothèques populaires;
Le catalogue des livres pour étrennes;
Le catalogue des publications et matériel à l'usage des écoles maternelles
  et des écoles primaires;
Le catalogue des livres espagnols.

NOTICE
DE LIVRES CLASSIQUES

A L'USAGE DE L'ENSEIGNEMENT SECONDAIRE

ET DE L'ENSEIGNEMENT SUPÉRIEUR

1° PÉDAGOGIE

Bréal (Michel), inspecteur général de l'instruction publique. *Quelques mots sur l'instruction publique en France.* 1 vol. in-16, broché.   3 fr. 50
— *De l'enseignement des langues anciennes.* 1 vol. in-16, broché.   2 fr.
— *De l'enseignement des langues vivantes.* 1 vol. in-16, broché.   2 fr.
— *Causeries sur l'orthographe française.* 1 vol. in-16, broché.   1 fr.
— *Essai de sémantique,* Science des significations. 1 vol. in-8, br.   7 fr. 50
Compayré. *Histoire critique des doctrines de l'éducation en France depuis le XVIᵉ siècle.* 2 vol. in-16, brochés. 7 fr.
— *Études sur l'enseignement et sur l'éducation.* 1 vol. in-16, broché.   3 fr. 50
— *L'évolution intellectuelle et morale de l'enfant.* 1 vol. in-8, br.   5 fr.

Fouillée (A.), membre de l'Institut. *L'enseignement au point de vue national.* 1 vol. in-16, broché.   3 fr. 50
Gréard (O.), vice-recteur de l'Académie de Paris. *Éducation et instruction.* 3 vol. in-16, brochés :
— *Enseignement secondaire.* 2 vol.   7 fr.
— *Enseignement supérieur.* 1 vol. 3 fr. 50
    Chaque ouvrage se vend séparément.
Jouvency (le P.). *De la manière d'apprendre et d'enseigner,* trad. H. Ferté, in-16, broché.   1 fr.
— *L'élève de rhétorique* au collège Louis-le-Grand, trad. H. Ferté, in-16, br.   1 fr.
Martin. *L'éducation du caractère.* 1 vol. in-16, broché.   3 fr. 50
Michel (H.). *Notes sur l'enseignement secondaire.* 1 vol. in-16.   3 fr. 50
Rochard (Dʳ Jules). *L'éducation de nos filles.* 1 vol. in-16, broché.   3 fr. 50

2° PROGRAMMES ET MANUELS POUR DIVERS EXAMENS

Livret scolaire à l'usage de l'enseignement secondaire classique, in-4°, cart. 60 c.
Livret scolaire à l'usage de l'enseignement secondaire moderne, in-4°, cart. 60 c.
    Ces livrets existent soit pour les lycées et collèges, soit pour les établissements libres.
Mémento du baccalauréat de l'enseignement secondaire. Édition conforme aux programmes de 1890. 10 vol. format petit in-16, cartonnés.

PREMIÈRE PARTIE

Littérature, par M. Albert Le Roy. 1 vol.   5 fr.
Histoire, par M. G. Ducoudray. 1 v. 2 fr.
Géographie, par MM. Schrader et Gallouédec. 1 vol.   2 fr.
Partie scientifique, par MM. Bos et Barré. 1 vol. petit in-16, cart. 2 fr.

SECONDE PARTIE
PREMIÈRE SÉRIE

Philosophie, par M. R. Thamin. 1 v. 2 fr.
Histoire contemporaine 1789-1889, par G. Ducoudray, 1 vol.   2 fr.
Éléments de Physique et de Chimie, notation atomique par M. Banet-Rivet, professeur au lycée Saint-Louis, 1 v. 2 fr.

DEUXIÈME SÉRIE

Mathématiques, par MM. Bos, Bezodis, Pichot et Mascart, agrégés de l'Université. 1 vol.   5 fr.
Physique et Chimie, notation atomique par M. Banet-Rivet, 1 vol.   3 fr. 50
Éléments de philosophie scientifique et morale. Histoire contemporaine, par MM. B. Worms et G. Ducoudray. 1 vol.   2 fr.

Plan d'études et programmes de l'enseignement secondaire dans les lycées et collèges. Brochure in-16.   1 fr. 25

Plan d'études et programmes de l'enseignement secondaire des jeunes filles, arrêtés le 27 juillet 1897. Brochure in-16.   1 fr.

Programme des examens du nouveau baccalauréat. Br. in-16.   40 c.

Programme des examens du baccalauréat de l'enseignement secondaire classique. Br. in-16.   30 c.

Programme de l'examen du baccalauréat de l'enseignement secondaire moderne. Broch. in-16.   30 c.

Programme des conditions d'admission à l'Ecole spéciale militaire de Saint-Cyr. Brochure in-16.   30 c.

Programme pour l'admission à l'Ecole polytechnique. In-16.   30 c.

Programme des conditions d'admission à l'Ecole navale. Brochure in-16.   30 c.

5° ÉTUDE DE LA LANGUE FRANÇAISE

Albert (Paul), ancien professeur au Collège de France. *La Poésie*, études sur les chefs-d'œuvre des poètes de tous les temps et de tous les pays. 1 vol. in-16, broché.   3 fr. 50

— *La Prose*, études sur les chefs-d'œuvre des prosateurs de tous les temps et de tous les pays. 1 vol. in-16, br.   3 fr. 50

— *La littérature française*, des origines à la fin du xvi° siècle. 1 vol. in-16, br. 3 fr. 50

— *La littérature française au xvii° siècle*. 1 vol. in-16, broché.   3 fr. 50

— *La littérature française au xviii° siècle*. 1 vol. in-16, broché.   3 fr. 50

— *La littérature française au xix° siècle*. 2 vol. in-16, brochés.   7 fr.

— *Variétés*. 1 vol. in-16, broché.   3 fr. 50

Barrau. *Méthode de composition et de style*, ou principes de l'art d'écrire en français, suivie d'un choix de modèles. 1 vol. in-16, cartonné.   2 fr. 75

Berthet (J.), professeur au lycée Condorcet : *La composition française à l'examen de Saint-Cyr*. 1 vol. in-16, broché.   2 fr.

Bigot. *Lectures choisies de français moderne*. 1 vol. in-16, cart. toile. 1 fr. 50

Brachet (Auguste), lauréat de l'Académie française. *Nouvelle grammaire française*, fondée sur l'histoire de la langue. 1 vol. in-16, cartonné.   1 fr. 50

— *Exercices sur la nouvelle grammaire française*, par M. Dussouchet, agrégé de grammaire :

Livre de l'élève. 1 v. in-16, cart. 1 fr. 50.

— *Petite grammaire française*. 1 vol. in-16, cartonné.   80 c

— *Exercices* sur la petite grammaire française, par M. Dussouchet :

Livre de l'élève. 1 vol. in-16, cart. 80 c.

Brachet (A.) et **Dussouchet**, professeur au lycée Henri IV : *Cours de grammaire française*, conforme au programme de l'enseignement secondaire (division A), et à l'arrêté du 26 février 1901 concernant la simplification de l'orthographe. 12 vol. in-16, cartonnage toile :

Cours préparatoire.

Grammaire et exercices. 1 vol.   1 fr.
Corrigé des exercices. 1 vol.   2 fr.

Cours élémentaire.

Grammaire et exercices. 1 vol. 1 fr. 20
Corrigé des exercices. 1 vol.   2 fr. 50
Exercices complémentaires. 1 vol.   1 fr.
Corrigé des exerc. complém. 1 vol. 2 fr.

Cours moyen.

Grammaire. 1 vol.   1 fr. 20
Exercices. 1 vol.   1 fr.
Corrigé des exercices et exercices complém. avec corr. 1 vol. 2 fr. 75

Cours supérieur.

Grammaire. 1 vol.   2 fr. 50
Exercices. 1 vol.   1 fr. 50
Corrigé des exercices et exercices complém. avec corrigés. 1 vol.   2 fr. 75

— *Cours de grammaire française*, conforme au programme de l'enseignement secondaire (division B), et à l'arrêté ministériel du 26 février 1901, sur la simplification de la syntaxe. 5 vol., cart. toile:

Grammaire française abrégée, théorie et exercices. 1 vol.   1 fr. 60

Livre du maître, théorie, exercices et corrigés. 1 vol.   3 fr.

Grammaire française complète, théorie, exercices, étymologie et prosodie. 1 vol.   2 fr.

Exercices sur la grammaire française complète. 1 vol.   1 fr. 60

Livre du maître. 1 vol.   3 fr.

Cahen (A.), professeur de rhétorique au lycée Louis-le-Grand : *Morceaux choisis des auteurs français, prose et vers*, publiés conformes aux programmes de l'enseignement secondaire (division A), avec des notices et des notes, 7 vol. in-16, cart. toile :

Classe de Huitième. Lectures courantes, 1ʳᵉ série, 1 vol.   1 fr. 50

Classe de Septième. Lectures courantes, 2ᵉ série, 1 vol.   2 fr.

Classe de Sixième. 1 vol.   2 fr.

Classe de Cinquième. 1 vol.   2 fr. 50

Classe de Quatrième. 1 vol.   3 fr.

Classes de Troisième, Seconde et Rhétorique. 2 vol. :

   Prose, 1 vol.   4 fr.

   Poésie, 1 vol.   3 fr. 50

— *Morceaux choisis des auteurs français classiques et contemporains*, avec des notices et des notes publiés à l'usage de l'enseignement secondaire (division B), 1ᵉʳ cycle. Classes de 6ᵉ, 5ᵉ, 4ᵉ et 3ᵉ c. t.   4 fr.

Chassang, ancien inspecteur général de l'instruction publique. *Modèles de composition française*, empruntés aux écrivains classiques, à l'usage des classes supérieures et des aspirants au baccalauréat. 1 vol. in-16, cart.   2 fr.

Classiques français. Nouvelle collection format petit in-16, publiée avec des notices, des arguments analytiques et des notes, par les auteurs dont les noms sont indiqués entre parenthèses.

Boileau : Œuvres poétiques (Brunetière). Prix :   1 fr. 50

— Poésies, Extraits des œuvres en prose (Brunetière).   2 fr.

— L'art poétique (Brunetière).   30 c.

— Le Lutrin (Brunetière).   30 c.

— Les Épîtres (Brunetière).   60 c.

Bossuet : Sermons choisis (Rébelliau). Prix :   3 fr.

— *De la connaissance de Dieu* (De Lens). Prix :   1 fr. 60

— Oraisons funèbres (Rébelliau).   2 fr. 50

Buffon : Morceaux choisis (E. Dupré). Prix :   1 fr. 50

— Discours sur le style.   30 c.

Chanson de Roland. Extraits (G. Pâris.). Prix :   1 fr. 50

Chateaubriand : Extraits (Brunetière). Prix :   1 fr. 50

Chefs-d'œuvre poétiques de Marot, Ronsard, etc. (Lemercier).   2 fr.

Choix de lettres du XVIIᵉ siècle (Lanson). Prix :   2 fr. 50

Choix de lettres du XVIIIᵉ siècle (Lanson). Prix :   2 fr. 50

Chrestomathie du Moyen âge (Pâris et Langlois).   3 fr.

Corneille : Le Cid (Petit de Julleville). Prix :   1 fr.

— Cinna (Petit de Julleville).   1 fr.

— Horace (Petit de Julleville).   1 fr.

— Nicomède (Petit de Julleville).   1 fr.

— Le Menteur (Petit de Julleville).   1 fr.

— Polyeucte (Petit de Julleville).   1 fr.

— Scènes choisies (Petit de Julleville).   1 fr.

— Théâtre choisi (Petit de Julleville).   3 fr.

Diderot : Extraits (Texte).   2 fr.

Extraits des chroniqueurs (Paris et Jeanroy).   2 fr. 50

Extraits des historiens du XIXᵉ siècle (Jullian).   3 fr. 50

Extraits des moralistes des XVIIᵉ, XVIIIᵉ et XIXᵉ siècles (Thamin).   2 fr. 50

Fénelon : Fables (A. Regnier).   75 c.

— *Lettre à l'Académie* (Cahen).   1 fr. 50

— Sermon pour la fête de l'Epiphanie (G. Merlet).   60 c.

— Télémaque (Chassang).   1 fr. 80

Florian : Fables (Geruzez).   75 c.

Joinville : Histoire de saint Louis (Natalis de Wailly).   2 fr.

La Bruyère : Caractères (G. Servois et Rébelliau).   2 fr. 50

La Fontaine : Fables (Thirion).   1 fr. 60

Lamartine : Morceaux choisis.   2 fr.

Molière : L'Avare (Lanson).   1 fr.

— Le Misanthrope (Lavigne).   1 fr.

— Le Tartufe (Lavigne).   1 fr.

— Les Femmes savantes (Lanson).   1 fr

— Les Précieuses ridicules (Lanson).   1 fr.

— Scènes choisies (Thirion).   1 fr. 50

— Théâtre choisi (Thirion).   3 fr.

Montaigne : Principaux chapitres et Extraits (Jeanroy).   2 fr. 50

Montesquieu : Grandeur et décadence des Romains (Jullian).   1 fr. 80

— Extraits de l'Esprit des Lois et des œuvres diverses (Jullian).   2 fr.

— Livre Iᵉʳ de l'Esprit des Lois (Jullian). Prix :   25 c.

Pascal : Provinciales I, IV, XIII et Extraits (Brunetière).   1 fr. 50

— Opuscules et Pensées (Brunschwicg). Prix :   3 fr. 50

Portraits et récits extraits des prosateurs du XVIᵉ siècle (Huguet).   2 fr. 50

Racine : Andromaque (Lanson).   1 fr.

— Athalie (Lanson).   1 fr.

— Britannicus (Lanson).   1 fr.

— Esther (Lanson).   1 fr.

— Iphigénie (Lanson).   1 fr.

— Les Plaideurs (Lanson).   1 fr.

— Mithridate (Lanson).   1 fr.

— Théâtre choisi (Lanson)   3 fr.

Récits extraits des prosateurs et poètes du Moyen âge (G. Paris).   1 fr. 50

Rousseau : Extraits en prose (Brunel).
Prix :   2 fr.

— Lettre sur les spectacles (Brunel).
Prix :   1 fr. 50

Scènes, récits et portraits extraits des écrivains français des XVII et XVIII* siècles* (Brunel).   2 fr.

Sévigné : Lettres choisies (Ad. Regnier).
Prix :   1 fr. 80

Théâtre classique (Ad. Regnier).   3 fr.

Voltaire : Charles XII (Waddington). 2 fr.

— Siècle de Louis XIV (Bourgeois).
Prix :   2 fr. 75

— Extraits en prose (Brunel).   2 fr.

— Choix de lettres (Brunel).   2 fr. 25

Voir *Auteurs français* de Philosophie, page 12.

Classiques français, format in-16. Éditions annotées par les auteurs dont les noms sont indiqués entre parenthèses.

Bossuet : Discours sur l'histoire universelle (Olleris).   2 fr. 50

Fénelon : Dialogues des morts (B. Jullien).   1 fr. 60

Massillon : Carême (Colincamp). 1 fr. 25

Rousseau (J.-B.) : Œuvres lyriques (Geruzez).   1 fr. 50

Voltaire : Théâtre choisi (Geruzez).
Prix :   2 fr. 50

Delon. *La grammaire française d'après l'histoire.* 1 volume in-16, cartonnage toile.   3 fr.

Demogeot, agrégé de la Faculté des lettres de Paris. *Histoire de la littérature française* depuis ses origines jusqu'à nos jours. 1 vol. in-16, broché.   4 fr.

— *Textes classiques de la littérature française,* extraits des grands écrivains français, avec notices, appréciations et notes; recueil servant de complément à l'*Histoire de la littérature française.* Nouvelle édition, revue et augmentée. 2 vol. in-16, cartonnés.   6 fr.

   I. *Moyen âge,* XVI* et XVII* siècles.   3 fr.

   II. XVIII* et XIX* siècles.   3 fr.

Filon (A.). *Nouvelles narrations françaises,* avec des arguments, à l'usage des candidats au baccalauréat. In-16, broché.
Prix :   3 fr. 50

Labbé, ancien professeur au collège Rollin, *Morceaux choisis des classiques français* (prose et vers), 3 vol. in-16, cart. :
  Cours élémentaire. 1 vol.   1 fr.
  Cours moyen. 1 vol.   1 fr. 50
  Cours supérieur. 1 vol.   2 fr. 50

Lafaye. *Dictionnaire des synonymes de la langue française.* 7* édition, suivie d'un supplément. 1 vol. gr. in-8, broché. 23 fr.
Le cartonnage en percaline gaufrée se paye en sus 2 fr. 75 c.; la demi-reliure en chagrin, 4 fr. 50.

Lanson, maître de conférences à la Faculté des lettres de Paris : *Conseils sur l'art d'écrire.* Principes de composition et de style à l'usage des élèves des lycées et collèges et des candidats au baccalauréat. 4* édit. 1 vol. in-16, cart. toile.   2 fr. 50

— *Études pratiques de composition française,* sujets préparés et commentés pour servir de complément aux *Conseils sur l'art d'écrire.* 3* édit. 1 vol. in-16, cartonnage toile.   2 fr.

— *Histoire de la littérature française,* depuis ses origines jusqu'à nos jours, 6* édit. 1 vol. in-16, broché.   4 fr.
Cartonné toile.   4 fr. 50

Lehugeur (A.). *La chanson de Roland,* traduite en vers modernes, avec le texte ancien. 1 vol. in-16, broché.   3 fr. 50

Littré. *Dictionnaire de la langue française,* contenant la nomenclature la plus étendue, la prononciation et les difficultés grammaticales, la signification des mots avec de nombreux exemples et les synonymes, l'histoire des mots depuis les premiers temps de la langue française jusqu'au XVI* siècle, et l'étymologie comparée et augmentée d'un *Supplément.* 5 vol. gr. in-4 à 3 colonnes, brochés.   112 fr.
La reliure en demi-chagrin se paye en sus 24 fr.

Littré et Beaujean, ancien inspecteur de l'Académie de Paris. *Abrégé du Dictionnaire de la langue française de Littré,* contenant tous les mots qui se trouvent dans le dictionnaire de l'Académie française, plus un grand nombre de néologismes et de termes de science et d'art; 10* édit. entièrement refondue et conforme, pour l'orthographe, à la dernière édition du dictionnaire de l'Académie française. 1 vol. grand in-8, broché.   13 fr.
Cartonné toile.   14 fr. 50
Relié en demi-chagrin.   17 fr.

— *Petit dictionnaire universel,* ou Abrégé du dictionnaire de la langue française de Littré, avec une partie mythologique, historique, biographique et géographique, fondue alphabétiquement avec la partie française; 10° édition. 1 vol. grand in-16, cartonné. **2 fr. 50**

Marais. *Recueil de compositions françaises.* Lettres, récits, discours, dissertations, sujets et développements, à l'usage des candidats au baccalauréat et à l'école de Saint-Cyr. 1 volume in-16, broché. **1 fr. 50**

Merlet, ancien professeur de rhétorique au lycée Louis-le-Grand. *Études littéraires sur les classiques français des classes supérieures et du baccalauréat,* revues, continuées et mises au courant des derniers programmes par M. E. Lintilhac, maître de conférences à la Faculté des lettres de Paris. 2 vol. in-16, brochés. **8 fr.**
I. Corneille. — Racine. — Molière. — La Fontaine. — Boileau. 1 vol. **4 fr.**
II. Chanson de Roland. — Villehardouin. — Joinville. — Froissart. — Commynes. — Marot. — Ronsard. — J. du Bellay. — D'Aubigné. — M. Régnier. — Montaigne. — Pascal. — Bossuet. — Fénelon. — La Bruyère. — Montesquieu. — Buffon. — Voltaire. — Diderot. — J. J. Rousseau. — Lettres du xvii° et du xviii° siècle. — Chateaubriand. — Lamartine. — Victor Hugo. — Michelet. 1 vol. **4 fr.**

Morceaux choisis des grands écrivains français du XVI° siècle, accompagnés d'une grammaire et d'un dictionnaire de la langue du xvi° siècle, par M. Auguste Brachet, 7° édit., 1 vol. in-16 cartonné. **3 fr. 50**

Orateurs politiques de la France des origines à nos jours (Les). Choix de discours prononcés dans les Assemblées politiques françaises, recueillis et annotés par MM. Chabrier et Pellisson. 2 vol. in-16, brochés. **8 fr.**
Des origines à 1830, par M. Chabrier, 1 vol. **4 fr.**
De 1830 à nos jours, par M. Pellisson. 1 vol. **4 fr.**

Pellissier, ancien professeur à Ste-Barbe. *Morceaux choisis des classiques français,* en prose et en vers. Recueils composés à l'usage des classes de grammaire et d'humanités. 6 vol. in-16, cartonnés :
Classe de Sixième, 1 vol. **1 fr.**
Classe de Cinquième, 1 vol. **1 fr.**
Classe de Quatrième, 1 vol. **1 fr.**
Classe de Troisième, 1 vol. **2 fr.**
Classe de Seconde, 1 vol. **2 fr.**
Classe de Rhétorique, 1 vol. **2 fr.**
— *Premiers principes de style et de composition. (Abrégé de la rhétorique française.)* 1 vol. in-16, cartonné. **1 fr. 50**

Pellissier (suite). *Sujets et modèles de composition française,* à l'usage des classes élémentaires. 1 vol. in-16, cart. Prix : **1 fr. 50**
— *Principes de rhétorique française.* 1 vol. in-16, cartonné. **2 fr. 50**
— *Sujets et modèles de composition française,* à l'usage des classes supérieures et des candidats au baccalauréat. 1 vol. in-16, cart. **2 fr. 50**
— *Les grandes leçons de l'antiquité classique* (Tableau des origines de la civilisation gréco-romaine), avec extraits. 1 vol. in-16, broché. **4 fr.**
— *Les grandes leçons de l'antiquité chrétienne.* (Tableau des origines de la civilisation moderne.) 1 v. in-16, broché. **5 fr.**

Petitjean (J.), professeur agrégé au lycée Condorcet. *Tableau d'analyse logique* (français, latin et grec), in-16, br. **80 c.**

Prossard, professeur honoraire au lycée Louis-le-Grand. *Lectures littéraires et morales,* à l'usage des classes élémentaires. 1 vol. petit in-16, cartonné. **1 fr. 25**

Quicherat (L.). *Petit traité de versification française.* In-16, cartonné. **1 fr.**

Quinet (Edgar). *Pages choisies,* à l'usage des lycées et collèges. 1 vol. in-16, cartonné. **2 fr.**

Sommer. *Petit dictionnaire des rimes françaises.* In-18, cart. **1 fr. 80**
— *Petit dictionnaire des synonymes français.* 1 vol. in-18, cart. **1 fr. 80**
— *Manuel de style,* ou préceptes et exercices sur l'art de composer et d'écrire en français. 1 vol. gr. in-18, broché. **1 fr. 50**
Voir *Méthode uniforme pour l'enseignement des langues,* pages 19 et 25.

Soulice (Th.). *Petit dictionnaire de la langue française.* In-18, cart. **1 fr. 50**

Soulice et Sardou. *Petit dictionnaire raisonné des difficultés et exceptions de la langue française.* In-18, cart. **2 fr.**

Tridon-Péronneau. *Recueil de compositions françaises.* 1 vol. in-16, br. **2 fr.**
— *Nouveau Recueil de compositions françaises.* 1 vol. in-16, br. **1 fr. 50**
— *Questions de littérature et d'histoire.* 1 vol. in-16, br. **1 fr.**

Vapereau, inspecteur général honoraire de l'instruction publique. *Esquisse d'histoire de la littérature française.* 2° édition. 1 vol. in-16, cart. toile. **1 fr. 50**
— *Éléments d'histoire de la littérature française.* 2 vol. in-16, cartonnage toile.
Tome I°° : *Des origines au règne de Louis XIII.* 1 vol. **3 fr. 50**
Tome II : *Règnes de Louis XIII et de Louis XIV.* 1 vol. **3 fr. 50**

4° HISTOIRE, CHRONOLOGIE, MYTHOLOGIE

Berthelot (A.), maître de conférences à l'École des Hautes-Études. *Les grandes scènes de l'histoire grecque*, morceaux choisis des auteurs anciens et modernes. 1 vol. in-16 avec figures, cartonnage toile.   **2 fr. 50**

Bouillet. *Dictionnaire universel d'histoire et de géographie.* Édition entièrement refondue, par M. Gourraigne, professeur agrégé d'histoire et de géographie. 32ᵉ édition, avec un supplément (1901), 1 vol. gr. in-8, br.   **21 fr.**
    La reliure en demi-chagrin, plats en toile, se paye en sus, 4 fr.

Ducoudray, ancien élève de l'École Normale supérieure, professeur agrégé d'histoire. *Nouveau Cours d'histoire*, rédigé conformément aux programmes officiels du 31 mai 1902. 9 vol. in-16, avec gravures et cartes, cartonnage toile :.

Histoire sommaire de l'Antiquité. Classe de Sixième A, B. 1 vol.   **3 fr.**

Histoire sommaire du Moyen âge et du commencement des Temps modernes (395-1453). Classe de Cinquième A, B. 1 vol.   » »

Histoire des Temps modernes (1453-1789) Classe de Quatrième A, B. 1 vol. » »

Histoire de l'Époque contemporaine (1789-1889). Classe de Troisième A, B. 1 vol.   » »

Histoire et Civilisation de l'ancien Orient et de la Grèce. Classe de Seconde A, B. 1 vol.   » »

Histoire et Civilisation romaines et du Moyen âge jusqu'au xᵉ siècle. Classe de Première A, B. 1 vol.   » »

Histoire et Civilisation du Moyen âge et des Temps modernes (XIᵉ-XVIIᵉ siècles). Classe de Seconde A, B, C, D. 1 vol.   **3 fr. 50**

Histoire et Civilisation des Temps modernes (1715-1815). Classe de Première A, B, C, D. 1 vol.   » »

Histoire et Civilisation contemporaine (1815-1900). Classes de Philosophie A, B, C, D et de Mathématiques A, B, C, D. 1 vol.   » »

— *Cours d'histoire*, rédigé conformément au programme du 15 juin 1891, à l'usage de l'enseignement secondaire moderne. 6 vol. in-16, avec des cartes et des gravures, cartonnés:

Histoire de l'Ancien Orient et de la Grèce, classe de Sixième. 1 vol.   2 fr. 50

Histoire romaine, classe de Cinquième. 1 vol.   2 fr. 50

Histoire de l'Europe et de la France jusqu'en 1270, classe de Quatrième. 1 vol.   2 fr. 50

Histoire de l'Europe et de la France de 1270 à 1610, classe de Troisième. 1 vol.   2 fr. 50

Histoire de l'Europe et de la France de 1610 à 1789, classe de Seconde. 1 vol.   2 fr. 50

Abrégé d'Histoire contemporaine, de 1789 à 1889, classes de Première et de Mathématiques élémentaires. 1 vol. in-16, cartonné.   3 fr.

— *Histoire contemporaine, de 1789 à 1900*, classe de Philosophie. 23ᵉ édition, revue et complétée. 1 vol. in-16, cartonnage toile.   6 fr.

Duruy (G.), professeur à l'École polytechnique. *Biographies d'hommes célèbres*, rédigées conformément au programme officiel, à l'usage de la classe Préparatoire. 1 vol. in-16, avec gravures, cart.   1 fr.

— *Histoire sommaire de la France, depuis l'origine jusqu'à 1610*, conforme au programme de 1902, pour la classe de Huitième. 1 vol. in-16, avec cartes et gravures, cartonné.   1 fr. 25

— *Histoire sommaire de la France, depuis 1610 jusqu'à 1815*, conforme au programme de 1902, pour la classe de Septième. 1 vol. in-16, avec cartes et gravures, cartonné.   1 fr. 25
    Les deux parties réunies en un seul vol. cartonné.   2 fr. 50

Duruy (V.), *Cours d'histoire*, nouvelle édition, refondue, sous la direction de M. E. Lavisse, professeur à la Faculté des lettres de Paris. 6 vol. in-16, avec gravures et cartes, cartonnage toile :

Histoire de l'Orient, par M. Moret. 1 vol.   3 fr.

Histoire grecque, par M. Haussoullier. 1 vol.   3 fr. 50

Histoire romaine, par M. Parmentier.
1 vol. 4 fr.
*Histoire de l'Europe et de la France
jusqu'en 1270*, par M. Parmentier.
1 vol. 4 fr. 50
. *Histoire de l'Europe et de la France,
de 1270 à 1610*, par M. Mariéjol. 1 v. 5 fr.
*Histoire de l'Europe et de la France,
de 1610 à 1789*, par M. Lacour-Gayet.
1 vol. 5 fr.
— *Petit cours d'histoire universelle*. Nou-
velle édition avec des cartes et des gra-
vures. Format in-16, cartonné :
Petite histoire ancienne. 1 fr.
Petite histoire grecque. 1 fr.
Petite histoire romaine. 1 fr.
Petite histoire du moyen âge. 1 fr.
Petite histoire moderne. 1 fr.
Petite histoire de France. 1 fr.
Petite histoire générale. 1 fr.
— *Petite histoire sainte*. In-18, cart. 80 c.
— *Histoire des Grecs*, depuis les temps
les plus reculés jusqu'à la réduction
de la Grèce en province romaine. 2 vol.
in-8, brochés. 12 fr.
— *Histoire des Romains*, depuis les temps
les plus reculés jusqu'à Dioclétien. 7 vol.
in-8, brochés. 52 fr. 50
**Extraits des Historiens du XIX⁰ siè-
cle** (*Chateaubriand — Guizot — Thiers
— Mignet — Michelet — Tocqueville —
Quinet — Duruy — Renan — Taine —
Fustel de Coulanges*), publiés avec une
introduction, des notices et des notes, par
M. Camille Jullian, professeur à la Faculté
des lettres de Bordeaux. 1 vol. pet. in-16,
cart. 3 fr. 50
Fougères, professeur à la Faculté des lettres
de Paris. *La vie privée et publique des
Grecs et des Romains*. Album contenant
885 gravures d'après les monuments. 1 vol.
grand in-4, cart. toile. 15 fr.
Fustel de Coulanges. *La cité antique.*
1 vol. in-16, broché. 3 fr. 50
Gasquet, directeur de l'Enseignement primaire. *Précis des institutions politiques
et sociales de l'ancienne France.* 2 vol.
in-16, br. 8 fr.
Géruzez. *Petit cours de mythologie;*
nouv. édit. avec 48 grav. In-16, car
tonné. 1 fr. 25
Histoire universelle, publiée par une
société de professeurs et de savants, sous
la direction de M. V. Duruy. Format in-16.
La Terre et l'homme, par M. Maury. 6 fr.
Chronologie universelle, par M. Dreyss.
2 vol. 12 fr.
Histoire générale, par M. Duruy. 4 fr.
Histoire sainte d'après la Bible, par
M. Duruy. 3 fr.

*Histoire ancienne des peuples de
l'Orient*, par M. Maspero. 6 fr.
Histoire grecque, par M. Duruy. 4 fr.
Histoire romaine, par M. Duruy. 4 fr.
Histoire du moyen âge, par M. Duruy. 4 fr.
Histoire des temps modernes, de 1453
jusqu'à 1789, par M. Duruy. 4 fr.
Histoire de France, par M. Duruy. 2 vo-
lumes. 8 fr.
Histoire d'Angleterre, par M. Fleury. 4 fr.
Histoire d'Italie, par M. Zeller. 5 fr.
Histoire de Russie, par M. Rambaud. 6 fr.
Histoire de l'Autriche-Hongrie, par
M. Louis Léger. 5 fr.
Histoire de l'Empire ottoman, par M.
de la Jonquière. 6 fr.
Histoire de la littérature grecque, par
M. Pierron. 4 fr.
Histoire de la littérature romaine, par
M. Pierron. 4 fr.
Histoire de la littérature française, par
M. Demogeot. 4 fr.
Histoire des littératures étrangères, par
M. Demogeot. 2 vol. 8 fr.
Histoire de la littérature anglaise, par
M. Augustin Filon. 6 fr.
Histoire de la littérature italienne, par
M. Etienne. 4 fr.
Histoire de la physique et de la chimie,
par M. Hœfer. 4 fr.
*Histoire de la botanique, de la minéra-
logie et de la géologie*, par M. Hœfer. 4 fr.
Histoire de la zoologie, par M. Hœfer. 4 fr.
Histoire de l'astronomie, par M. Hœfer,
Prix : 4 fr.
Histoire des mathématiques, par
M. Hœfer. 4 fr.
*Dictionnaire historique des institutions,
mœurs et coutumes de la France*,
par M. Chéruel. 2 vol. 12 fr.
Joran, professeur d'histoire au collège Sta-
nislas. *Programme développé d'histoire
des temps modernes et d'histoire littéraire*, à l'usage des candidats à l'école spé-
ciale milit. de St-Cyr. 1 v. in-16, cart. 4 fr. 50
Jullian (C.), professeur à la Faculté des
lettres de Bordeaux. *Gallia.* Tableau
sommaire de la Gaule sous la domination
romaine. 1 vol. in-16, cart. toile. 3 fr.
Ouvrage couronné par l'Académie française.
Lalanne (Ludovic). *Dictionnaire historique de la France.* 1 vol. gr. in 8, br. 21 fr.
Le cartonnage se paye en sus 2 fr. 75.
La Ville de Mirmont (H. de), professeur
à la Faculté des lettres de Bordeaux.
*Mythologie élémentaire des Grecs et des
Romains*, précédée d'un précis des mytho-
logies orientales. 1 vol. in-16 avec 45 fig.
d'après l'antique, cart. toile. 1 fr. 50

Lavisse, professeur à la Faculté des lettres de Paris. *Histoire de France*, depuis les origines jusqu'à la Révolution, 8 volumes petit in-4.

> Paraît par fascicules de 96 pages depuis octobre 1900. Chaque fascicule, **1 fr. 50**
> En vente les tomes I, 2ᵉ p. II, 2ᵉ p. III, 1ʳᵉ et 2ᵉ p. IV, 1ʳᵉ et 2ᵉ p. Chaque demi vol. 6 fr. — Chaque vol. broché. 12 fr.

Lectures historiques, rédigées conformément au programme du 28 janvier 1890 à l'usage des lycées et collèges. 6 v. in-16 avec gravures, cart. toile.

Histoire ancienne (Egypte, Assyrie), par M. G. Maspero, membre de l'Institut. 1 vol. **5 fr.**

Histoire grecque (Vie privée et vie publique des Grecs), par M. P. Guiraud, maître de conférences à l'Ecole normale supérieure. 1 vol. **5 fr.**

Histoire romaine (Vie privée et vie publique des Romains), par M. Guiraud, 1 vol. **5 fr.**

Histoire du moyen âge, par M. Ch.-V. Langlois, maître de conférences à la Faculté des lettres de Paris. 2ᵉ édition refondue. 1 vol. **5 fr.**

Histoire du moyen âge et des temps modernes, par M. Mariéjol, professeur à la Faculté des lettres de Lyon. 1 vol. **5 fr.**

Histoire des temps modernes, par M. Lacour-Gayet, professeur au lycée Saint-Louis. 1 vol. **5 fr.**

Luchaire, professeur à la Faculté des lettres de Paris. *Manuel des Institutions françaises* (Période des Capétiens directs). 1 vol. in-8, broché. **15 fr.**

Malet (A.), professeur d'histoire au lycée Voltaire. *Cours complet d'histoire*, à l'usage des lycées et des collèges, rédigé conformément aux programmes officiels du 31 mai 1902. 7 vol. in-16 avec gravures et cartes, cartonnés :

L'Antiquité, avec la collaboration de M. Charles Maquet, professeur de Sixième au lycée Voltaire. Classe de Sixième A et B. 1ʳᵉ partie : *l'Orient*. 1 vol. **1 fr.**

Le Moyen âge et le commencement des Temps modernes (395-1453). Classe de Cinquième A et B. 1 vol. » »

Les Temps modernes (1453-1789). Classe de Quatrième A et B. 1 vol. » »

— *L'Epoque contemporaine* (1789-1880). Classe de Troisième A et B. 1 vol. » »

Histoire moderne (1498-1715). Classe de Seconde A, B, C, D. 1 vol. » »

Dix-huitième siècle : Révolution et Empire (1715-1815). Classe de Première A, B, C, D. 1 vol. » »

Dix-neuvième siècle (1815-1900). Classes de Philosophie A, B, C, D, et de Mathématiques A, B, C, D. 1 vol. » »

Maspero, membre de l'Institut. *Histoire de l'Orient*. 1 vol. in-16, illust. de 48 grav. et de 6 cartes en couleurs, cart. toile. 2 fr. 50

Van den Berg. *Petite histoire ancienne des peuples de l'Orient*. 1 vol. petit in-16, avec cartes et gravures, cart. toile. 3 fr. 50

— *Petite histoire des Grecs*. 1 vol. petit in-16, avec 19 cartes et 65 gravures, cartonné toile. **4 fr. 50**

5° GÉOGRAPHIE

Cortambert, *Cours de géographie*, comprenant la description physique et politique, et la géographie historique des diverses contrées du globe. 1 vol. in-16, cart. **4 fr. 25**

— *Petit cours de géographie moderne.* 1 vol. in-16, cartonné. **1 fr. 50**

Joanne (P.). *Géographies départementales de la France et de l'Algérie.* 88 v. in-16, cart.

> La description de chaque département, accompagnée d'une carte et de gravures, et suivie d'un dictionnaire alphabétique des communes, se vend séparément. 1 fr.
> Le département de la Seine. 1 fr. 50
> L'Algérie, 1 vol. 1 fr. 50

Meissas et Michelot. *Atlas et cartes.*

A. *Atlas élémentaire de géographie moderne* (10 cartes écrites). **2 fr. 50**

B. *Le même*, avec 8 cartes muettes (18 cartes), cartonné. **3 fr. 50**

C. *Atlas universel de géographie moderne* (17 cartes écrites), cart. **5 fr.**

Atlas de géographie ancienne (19 cartes écrites), cartonné. **5 fr.**

Atlas de géographie du moyen âge (10 cartes écrites), cart. **3 fr. 50**

Atlas de géographie sacrée (8 cartes écrites), cartonné. **2 fr.**

Chacune des cartes écrites séparément. **35 c.**

GRANDS ATLAS FORMAT IN-FOLIO.

A. *Atlas élémentaire* (8 cartes écrites). 6 fr.
B. *Le même*, avec 8 cartes muettes (16 cartes), cartonné.   11 fr. 50
Chaque carte séparément.   1 fr.

GRANDES CARTES MURALES.

Chaque carte murale est accompagnée d'un questionnaire qui est donné gratuitement aux acquéreurs de la carte à laquelle il se réfère. Chaque questionnaire se vend en outre séparément 30 c.

Les cartes en 16 feuilles ont 1 m. 80 de hauteur sur 2 m. 30 de largeur. Celles en 20 feuilles ont 1 m. 80 de hauteur sur 2 m. 80 de largeur.

Le collage sur toile, avec gorge et rouleau, se paye en sus : 1° pour les cartes en 16 feuilles, 12 fr. ; 2° pour les cartes en 20 feuilles, 14 fr.

Géographie ancienne.

Empire romain écrit. 16 feuilles. 10 fr.
Géographie moderne.

Europe écrite. 16 feuilles.   9 fr.
France, Belgique et Suisse écrites. 16 feuilles.   9 fr.
Mappemonde écrite. 20 feuilles.   12 fr.
Mappemonde muette. 20 feuilles.   10 fr.
— *Nouvelles grandes cartes murales* indiquant le relief du terrain, tirées en couleur sur 12 feuilles jésus mesurant 2 mètres de haut sur 2 mètres 10 de large.

Le collage sur toile, avec gorge et rouleau, se paye en sus. 12 fr.

Europe muette ou écrite.   15 fr.
France muette ou écrite.   15 fr.
— *Petites cartes murales* (voir la *Notice des livres élémentaires*).
— *Géographie ancienne*. In-16.   2 fr. 50
— *Petite géographie ancienne*. In-18. 1 fr.
— *Géographie sacrée*. In-18, cart. 1 fr. 25
Reclus (Élisée) : *Nouvelle géographie universelle*. 19 vol. grand in-8, avec de nombreuses cartes et gravures, brochés. Prix.   535 fr.
Tome Ier. *L'Europe méridionale* (Grèce, Turquie, Roumanie, Serbie, Italie, Espagne, et Portugal). 1 vol.   30 fr.
Tome II. *La France*. 1 vol.   30 fr.
Tome III. *L'Europe centrale* (Suisse, Austro-Hongrie, Allemagne). 1 v. 30 fr.
Tome IV. *L'Europe du Nord-Ouest* (Belgique, Hollande et Iles Britanniques). 1 vol.   30 fr.
Tome V. *L'Europe scandinave et russe.* 1 volume.   30 fr.
Tome VI. *L'Asie russe*. 1 vol.   30 fr.
Tome VII. *L'Asie orientale*. 1 vol. 30 fr.
Tome VIII. *L'Inde et l'Indo-Chine.* 1 vol.   30 fr.

Tome IX. *L'Asie antérieure*. 1 vol. 30 fr.
Tome X. *L'Afrique septentrionale*, 1re partie. 1 vol.   20 fr.
Tome XI. *L'Afrique septentrionale*, 2e partie. 1 vol.   30 fr.
Tome XII. *L'Afrique méridionale*. 1 volume.   25 fr.
Tome XIII. *L'Afrique occidentale*. 1 volume.   30 fr.
Tome XIV. *Océans et terres océaniques*. 1 vol.   30 fr.
Tome XV. *Amérique boréale*. 1 v. 20 fr.
Tome XVI. *Etats-Unis*. 1 vol.   25 fr.
Tome XVII. *Indes occidentales*. 1 volume,   30 fr.
Tome XVIII. *L'Amérique du Sud, Régions andines*. 1 vol.   25 fr.
Tome XIX. *L'Amazonie et la Plata.* 1 vol.   30 fr.
Tableaux statistiques de tous les États comparés. 1890 à 1893. 1 vol. grand in-8, broché.   3 fr.

Reclus (Élisée et Onésime). *L'Afrique australe*. 1 vol. petit in-4° avec 25 cartes en noir et 2 cartes en couleurs, broché.   10 fr.

— *L'Empire du Milieu*, la Chine. 1 vol. petit in-4° avec 25 cartes en noir et 3 cartes en couleurs, broché.   12 fr.

Reclus (Onésime). *Géographie :* la terre à vol d'oiseau. 2 vol. in-16, brochés. 10 fr.
Le même ouvrage, gr. in-8, ill., br. 12 fr.
La France et ses colonies. 2 vol. grand in-8 ill.
Tome Ier. *En France*. 1 vol. br.   3 fr.
Tome II. *Nos Colonies*. 1 vol. br.   6 fr.

— *Le plus beau royaume sous le ciel*, notre belle France. 1 vol. petit in-4°, broché.   12 fr.

Schrader, directeur des travaux cartographiques à la librairie Hachette et Cie. *Atlas de géographie historique*. 55 cartes doubles en couleurs, avec texte au dos. 1 vol. in-folio, relié.   35 fr.
— *Atlas de poche*, contenant 51 cartes en couleurs, in-16, cart. toile. 3 fr. 50

Schrader et Gallouédec, professeur d'histoire au lycée Charlemagne, membre du Conseil supérieur de l'Instruction publique. *Nouveau cours de Géographie* rédigé conformément aux programmes officiels du 31 mai 1902. 6 vol. in-16 avec de nombreuses cartes en noir et en couleurs et un Index de tous les noms cités.
Géographie générale, Amérique, Australasie. Classe de Sixième. 1 vol. 3 fr.

Géographie de l'Asie, de l'Insulinde et de l'Afrique. Classe de Cinquième. 1 vol. » »

Géographie de l'Europe. Classe de Quatrième. 1 vol. » »

Géographie de la France et de ses Colonies. Classe de Troisième. 1 vol. 3 fr.

Géographie générale. Classe de Seconde. 1 vol. » »

Géographie de la France. Classe de Première. 1 vol. 3 fr. 50

Schrader et Gallouédec (suite).

Cours de géographie rédigé conformément aux programmes de l'Enseignement secondaire de 1890, 7 vol. in-16, avec de nombreuses cartes en noir et en couleurs et un Index des noms cités, cart. :

Géographie générale du Monde et du bassin de la Méditerranée (classe de Sixième classique). 1 vol. 2 fr. 50

Géographie élémentaire de la France et de ses colonies (classes de Cinquième classique et de Sixième moderne). 1 volume. 3 fr.

Géographie générale : l'Europe, l'Amérique (classe de Cinquième moderne). 1 vol. 3 fr. 50

Géographie de l'Amérique (classe de Quatrième classique). 1 vol. 3 fr. 50

Géographie de l'Afrique, de l'Asie et de l'Océanie (classes de Troisième classique et de Quatrième moderne). 1 volume. 3 fr. 50

Géographie de l'Europe (classes de Seconde classique et de Troisième moderne). 1 vol. 3 fr. 50

Géographie de la France et de ses colonies (classes de Rhétorique classique et de Seconde moderne). 1 volume. 3 fr. 50

— *Cours général de géographie.* 1 vol. in-16, cart. 6 fr.

— *Petit cours de géographie.* 1 vol. in-16, avec cartes et grav., cart. 2 fr.

Schrader et Gallouédec (suite).

Petit atlas de géographie, contenant 65 cartes en couleurs, 32 pages in-4°, cartonné. 3 fr. 50

Schrader et Prudent. *Grandes cartes murales.* Ces cartes sont imprimées en couleurs et mesurent 1 mètre 60 sur 1 mètre 90. En vente :

Amérique du Sud écrite ; — France politique écrite ; — France physique.

Chaque carte en feuilles, 9 fr.; collée sur toile avec œillets, 15 fr.; collée sur toile avec gorge et rouleau, 10 fr.

Schrader, Prudent et Anthoine. *Atlas de géographie moderne,* 64 cartes in-f° imprimées en couleurs et accompagnées d'un texte géographique, statistique et ethnographique, et d'un grand nombre de cartes de détail, figures, diagrammes, etc., relié. 25 fr.

— *Atlas à l'usage de l'enseignement secondaire* (programme de 1902). Extraits de l'Atlas de géographie, in-folio cart.

Géographie générale, Amérique et Australasie. Classe de Sixième, 15 cartes. Prix. 7 fr. 50

Géographie de l'Asie, de l'Insulinde et de l'Afrique. Classe de Cinquième, 14 cartes. 6 fr.

Géographie de l'Europe. Classe de Quatrième, 18 cartes. 7 fr. 50

Géographie de la France et de ses Colonies. Classe de Troisième, 11 cartes. 5 fr.

Géographie générale. Classe de Seconde, 42 cartes. 16 fr.

Géographie de la France. Classe de Première, 11 cartes. 5 fr.

— *Atlas à l'usage de l'enseignement secondaire* (programme de 1900). Extraits de l'Atlas de géographie, in-folio, cartonnés :

Classe de Quatrième (16 cartes). 7 fr.

Classe de Troisième (19 cartes). 7 fr. 50

Classe de Seconde (18 cartes). 7 fr. 50

Classe de Rhétorique (11 cartes). 5 fr.

6° PHILOSOPHIE, DROIT, ÉCONOMIE POLITIQUE

AUTEURS FRANÇAIS

Bossuet : *De la connaissance de Dieu et de soi-même ; Métaphysique, ou Traité des causes.* Édition publiée avec une introduction et des notes par M. de Lens, ancien inspecteur de l'Académie. 1 vol. petit in-16, cart. 1 fr. 60

Condillac. *Traité des sensations,* livre I. Nouvelle édition, annotée par M. Char-

pentier, professeur de philosophie au lycée Louis-le-Grand. 1 vol. pet. in-16, br. 1 fr. 50

Descartes : *Discours de la Méthode ; première méditation.* Nouvelle édition classique, annotée par M. Charpentier. 1 vol. petit in-16, cart. 1 fr. 50

— *Les principes de la philosophie,* livre I. Nouvelle édition, annotée par le même auteur. 1 vol. petit in-16, br. 1 fr. 50

Extraits des Moralistes des XVII·, XVIII· et XIX· siècles, publiés avec une introduction, des notices et des notes, par M. R. Thamin, recteur de l'Académie de Rennes. 1 vol.   2 fr. 50

Fénelon : *Traité de l'existence de Dieu*, précédé d'un Essai sur Fénelon par M. Villemain, avec des notes par M. Danton. 1 vol. in-16, broché.   1 fr. 60

Leibniz : *Extraits de la Théodicée*, publiés et annotés par M. P. Janet, de l'Institut. 1 vol. petit in-16, cart. 2 fr. 50

— *Nouveaux essais sur l'entendement humain*, avant-propos et livre I, publié d'après les meilleurs manuscrits, avec des notes, par M. P. Lachelier, professeur de philosophie au lycée Janson-de-Sailly. 1 vol. petit in-16, cart.   1 fr. 75

— *La monadologie*, publiée d'après les manuscrits de la bibliothèque de Hanovre, avec notes, par le même. Pet. in-16, c. 1 fr.

Malebranche : *De la recherche de la vérité*, livre II, annoté par M. R. Thamin. 1 vol. petit in-16, cart.   1 fr. 50

Pascal : *Opuscules philosophiques* publiés par M. Adam, recteur de l'Académie de Dijon. 1 vol. petit in-16, cart. 1 fr. 50

— *Pensées et Opuscules*, publiés par M. Brunschwicg, professeur au lycée Condorcet. 1 vol. pet. in-16 cart.   3 fr. 50

AUTEURS LATINS

Cicéron : *De natura Deorum*, livre II. Texte latin, annoté par M. Thiaucourt, professeur à la Faculté des lettres de Nancy. 1 vol. petit in-16, cart.   1 fr. 50

Le même ouvrage. trad. franç. de J.-V. Le Clerc, sans le texte. 1 vol. petit in-16, br.   1 fr.

— *De Officiis*, libri tres. Texte latin, annoté par M. H. Marchand. 1 v. in-16, cart. 1 fr.

Le même ouvrage, traduction franç. par M. Sommer, sans le texte. 1 vol. in-16, broché.   1 fr. 50

— *Extraits des œuvres morales et philosophiques*, texte latin annoté par M. E. Thomas. 1 vol. pet. in-16, cart.   2 fr.

Lucrèce : *De natura rerum*, livre V. Texte latin, annoté par MM. Benoist et Lantoine. 1 vol. petit in-16, cart.   90 c.

— *De la nature*, traduction française, par M. Patin. 1 vol. in-16, broché. 3 fr. 50

Sénèque : *Lettres à Lucilius* (les seize premières). Texte latin, annoté par M. Aubé, ancien professeur de philosophie au lycée Condorcet. 1 vol. petit in-16, cartonné.   75 c.

Le même ouvrage, traduction française par M. Baillard, sans le texte. 1 vol. in-16, broché.   1 fr.

Sénèque (suite). *Œuvres complètes*, trad. en français, avec des notes, par M. J. Baillard. 2 vol. in-16, brochés.   7 fr.

AUTEURS GRECS

Aristote : *Morale à Nicomaque*, livres VIII et X. Texte grec, annoté par M. Hannequin, professeur au lycée de Lyon. Chaque livre, 1 vol. petit in-16, cart. 1 fr. 50

Le même ouvrage, traduction française de Fr. Thurot, avec une introduction et des notes, par Ch. Thurot. 1 vol. petit in-16, broché.   75 c.

Epictète : *Manuel*. Texte grec, publié avec des notes et un vocabulaire, par M. Thurot. 1 vol. petit in-16, cart.   1 fr.

Le même ouvrage, traduction française, par M. Fr. Thurot, sans le texte grec. 1 vol. petit in-16, broché.   1 fr.

Platon : *Gorgias*, texte grec annoté par M. Sommer. 1 vol. in-16, cart.   1 fr. 50

Le même ouvrage, trad. franç. par M. Thurot, sans le texte. 1 vol. petit in-16, broché.   1 fr. 60

— *Phédon*, texte grec annoté par M. Couvreur. 1 vol. petit in-16, cart.   1 fr. 50

Le même ouvrage, trad. franç. par M. Thurot, avec le texte. 1 vol. in-16. 1 fr. 60

— *République*, 6· *livre*. Texte grec, annoté par M. Aubé. 1 vol. petit in-16, cart. 1 fr. 50

Le même ouvrage, traduction française, par M. Aubé. 1 v. petit in-16, br. 1 fr.

— *République*, 7· *livre*. Texte grec, annoté par M. Aubé. Petit in-16, cart.   1 fr. 50

Le même ouvrage, traduction française, par M. Aubé. 1 vol. p. in-16, br. 1 fr. 50

— *République*, 8· *livre*. Texte grec, annoté par M. Aubé. Petit in-16, cart.   1 fr. 50

Le même ouvrage, traduction française, par M. Aubé. 1 vol. petit in-16, br. 1 fr.

Xénophon : *Mémorables*, livre I. Texte grec, annoté par M. Lebègue. 1 vol. petit in-16, cartonné.   1 fr.

— *Entretiens mémorables de Socrate*, trad. franç. par M. Sommer, sans le texte. 1 vol. petit in-16, br.   1 fr. 75

OUVRAGES DIVERS

Adam, recteur de l'Académie de Nancy. *Etudes sur les principaux philosophes*. 1 vol. in-16, broché.   4 fr.

Bouillier, membre de l'Institut. *Du plaisir et de la douleur*. 1 vol. in-16. 3 fr. 50

— *La vraie conscience*. 1 v. in-16, br. 3 f. 50

— *Etudes familières de psychologie et de morale*. 2 vol. in-16, brochés.   7 fr.
  Chaque volume se vend séparément.

— *Questions de morale pratique*. 1 vol. in-16, broché.   3 fr. 50

Caro, ancien professeur à la Faculté des lettres de Paris. *L'idée de Dieu et ses nouveaux critiques*. 1 vol. in-16, broché. 3 fr. 50
— *Le matérialisme et la science*. 1 volume in-16, broché. 3 fr. 50
— *Études morales sur le temps présent*. 2 vol. in-16, brochés. 7 fr.
— *Problèmes de morale sociale*. 1 vol. in-16, broché. 3 fr. 50
— *Philosophie et philosophes*. 1 volume in-16. 3 fr. 50

Carrau, ancien maître de conférences à la Faculté des lettres de Paris. *Étude sur la théorie de l'évolution*. In-16, br. 3 fr. 50

Delacourtie, avocat à la Cour d'appel. *Droit usuel*. Nouvelle édition mise au courant de la législation et conforme aux programmes du 31 mai 1902. Classe de Troisième B. 1 vol. in-16 cart. 2 fr.

Fouillée, membre de l'Institut. *L'idée moderne du droit en Allemagne, en Angleterre et en France*. 1 v. in-16, br. 3 fr. 50
— *La science sociale contemporaine*. 1 vol. in-16, broché. 3 fr. 50
— *La philosophie de Platon*. 4 volumes in-16, brochés. 14 fr.

Franck, membre de l'Institut. *Dictionnaire des sciences philosophiques*. 1 fort vol. grand in-8, broché. 35 fr.
Le cartonnage se paye en sus 2 fr. 75.
— *Essais de critique philosophique*. 1 vol. in-16, broché. 3 fr. 50

Jacques, Jules Simon et Saisset. *Manuel de philosophie*. 1 vol. in-8. 8 fr.

Joly, professeur à la Faculté des lettres de Paris. *Psychologie comparée : l'homme et l'animal*. 1 vol. in-16, br. 3 fr. 50
— *Psychologie des grands hommes*. 1 vol. in-16, broché. 3 fr. 50
— *Le socialisme chrétien*. 1 vol. in-16, broché. 3 fr. 50

Jouffroy (Th.). *Cours de droit naturel*. 2 vol. in-16, brochés. 7 fr.
— *Mélanges philosophiques*. 1 volume in-16, broché. 3 fr. 50
— *Nouveaux mélanges philosophiques*. 1 vol. in-16, br. 3 fr. 50

Jourdain (C.). *Notions de philosophie*, comprenant des *notions d'économie poli-*

tique. 18ᵉ édition, refondue. 1 vol. in-16, broché. 5 fr.

Lalande. *Lectures sur la philosophie des sciences*, in-16, cart. toile. 3 fr. 50

Levasseur (E.), de l'Institut. *Précis d'économie politique*. 1 vol. in-16 cart. 2 fr.

Pontsevrez, professeur de morale dans les écoles primaires supérieures de la ville de Paris. *Notions morales*, l'Individu, la Famille, l'État, l'Humanité, rédigé conformément aux programmes officiels du 31 mai 1902. 1 vol. in-16 cartonné. » »

Rabier (E.), directeur de l'enseignement secondaire. *Leçons de philosophie*. 2 vol. in-8, br. :
Tome Iᵉʳ. *Psychologie*. In-8. 7 fr. 50
Ouvrage couronné par l'Institut.
Tome II. *Logique*. 1 vol. 5 fr.

Ravaisson. *La philosophie en France au XIXᵉ siècle*. 1 vol. in-8, broché. 7 fr. 50

Simon (Jules). *La religion naturelle*. 1 vol. in-16, broché. 3 fr. 50
— *Le devoir*. 1 vol. in-16, br. 3 fr. 50

Taine. *Les philosophes classiques du XIXᵉ siècle en France*. In-16, br. 3 fr. 50
— *De l'intelligence*. 2 vol. in-16, br. 7 fr.

Tridon-Péronneau. *Recueil de dissertations philosophiques*. 1 v. in-16, br. 4 fr.
— *Nouveau recueil de dissertations philosophiques*. 1 vol. in-16, broché. 2 fr.

Worms (R.), agrégé de philosophie, docteur ès lettres. *Précis de philosophie*, rédigé conformément aux programmes officiels pour la classe de philosophie, d'après les *Leçons de philosophie* de M. Rabier. 1 vol. in-16, br. 4 fr.
— *Éléments de philosophie scientifique et de philosophie morale*, à l'usage des candidats aux Baccalauréats classique et moderne. 1 vol. in-16, br. 1 fr. 50
— *La morale de Spinoza*. 1 v. in-16. 3 fr. 50
Ouvrage couronné par l'Institut.

Zeller. *La philosophie des Grecs*, traduite de l'allemand, par M. E. Boutroux, maître de conférences à l'École normale supérieure, et par ses collaborateurs :
Tomes I et II. *La philosophie des Grecs avant Socrate*, par M. Boutroux. 2 vol. in-8, br. (T. Iᵉʳ épuisé.) T. II. 10 fr.
Tome III. *Socrate et les socratiques*, par M. Belot. 1 vol. in-8, br. 10 fr.

7° SCIENCES ET ARTS

§ 1. *Arithmétique et applications diverses.*

Bertrand (Joseph). *Traité d'arithmétique*. 1 vol. in-8, broché. 4 fr.

Bourlet (Carlo), docteur ès sciences, professeur de mathématiques spéciales au lycée Saint-Louis. *Cours complet d'arith-*

métique, rédigé conformément aux programmes officiels du 31 mai 1902, avec de nombreux exercices. 3 vol. in-16, cart. :
Petit Cours d'arithmétique, à l'usage des Classes Préparatoires, de Huitième

et de Septième, avec de nombreux exercices. 1 vol. in-16, cartonné. » »

Cours abrégé d'arithmétique, à l'usage des classes de Sixième et Cinquième A et B, et des classes de Troisième A et de Quatrième B, avec de nombreux exercices. 1 vol. in-16 cart. 2 fr. 50

Cours complet d'arithmétique, à l'usage des classes supérieures, avec de nombreux exercices. 1 vol. in-16, cart. » »

Bouvart et Ratinel. *Nouvelles tables de logarithmes* à cinq décimales, division centésimale, à l'usage des candidats aux Ecoles Polytechnique et Saint-Cyr. 1 vol. in-16 oblong cart. toile. 2 fr.

Cahen (Eug.), professeur au lycée Condorcet. *Cours d'arithmétique* à l'usage des candidats au baccalauréat. 1 vol. in-16, cart. 2 fr.

Degranges (Edmond). *Arithmétique commerciale et pratique.* In-8, broché. 5 fr.

— *La tenue des livres.* In-8, broché. 5 fr.

Dupuis. *Tables de logarithmes* à sept décimales. 1 vol. gr. in-8, cart. toile. 10 fr.

— *Tables de logarithmes* à cinq décimales. 1 vol. grand in-18, cart. toile. 2 fr. 50

Dupuis (suite). *Tables de logarithmes* à quatre décimales. 1 v. petit in-16, c. 75 c.

Hoefer. *Histoire des mathématiques.* 1 v. in-16, broché. 4 fr.

Moudiet et Thabourin. *Cours élémentaire d'arithmétique.* 1 v. in-8, br. 3 fr. 50

Pichot, censeur honoraire du lycée Condorcet. *Arithmétique,* à l'usage des classes de Septième, Sixième et Cinquième. In-16, cart. 2 fr. 50

— *Arithmétique élémentaire,* à l'usage des classes de lettres. 1 vol. in-16, cart. 2 fr.

— *Éléments d'arithmétique* à l'usage de la classe de mathématiques élémentaires. 1 vol. in-8, broché. 3 fr.

Sonnet. *Dictionnaire des mathématiques appliquées.* 1 vol. grand in-8, broché. 30 fr.

Le cartonnage se paye en sus 2 fr. 75.

Tombeck. *Traité d'arithmétique.* 1 vol. in-8, broché. 4 fr.

Vintéjoux, professeur honoraire au lycée Saint-Louis. *Eléments d'arithmétique, de géométrie et d'algèbre,* 5e édition. 1 vol. in-16 cart. toile. 2 fr. 50

— *Corrigé des exercices et problèmes,* par G. Manuel. 1 vol. in-16 cart. toile. 2 fr.

§ 2. *Géométrie; Arpentage; Dessin.*

Bécourt, professeur au lycée St-Louis, et **Pillet,** inspecteur de l'enseignement du dessin. *Le dessin technique,* cours professionnel de dessin géométrique. 60 cahiers in-4° oblong, chaque cahier. 1 fr.
En vente 27 cahiers.

— *Exercices gradués de dessin topographique* à l'usage des candidats à l'Ecole de Saint-Cyr, album oblong de 15 planches et texte, avec carnet de papier quadrillé. (*Voir § 3, ci-dessous.*) 4 fr.

Bos, anc. inspecteur d'Académie. *Géométrie élémentaire,* à l'usage de l'enseignement secondaire. 1 vol. in-16, cart. 2 fr.

Bos et Rebière. *Eléments de géométrie,* à l'usage de la classe de mathématiques élémentaires. 1 vol. in-8, broché. 7 fr.

Bougueret, professeur de dessin au lycée Saint-Louis. *Cours de dessin et notions de géométrie,* à l'usage des classes élémentaires de dessin. 50 planches in-4. 7 fr. 50

On vend séparément :

Dessin et géométrie des figures planes. 23 planches. 3 fr. 50

Dessin et géométrie des solides. 12 planches. 1 fr. 75

Constructions géométriques et lavis. 15 planches. 2 fr. 25

Bourlet (Carlo). *Cours élémentaire de géométrie,* à l'usage des classes de Quatrième et de Troisième A, des classes de Cinquième, Quatrième et Troisième B, et des classes de Seconde et de Première A et B. 1 vol. in-16, avec figures, cart. » »

Briot et Vacquant. *Arpentage; levé des plans, nivellement.* 1 vol. in-16, avec des figures et des planches, broché. 3 fr.

— *Eléments de géométrie: Application.* In-8, avec figures. 3 fr. 50

Sonnet. *Géométrie théorique et pratique.* 2 vol. in-8, texte et planches, br. 6 fr.

Tombeck. *Traité de géométrie élémentaire.* 1 vol. in-8, broché. 5 fr.

— *Précis de levé des plans, d'arpentage et de nivellement.* In-8, broché. 1 fr. 50

§ 3. *Algèbre; Géométrie analytique; Géométrie descriptive; Trigonométrie.*

Bécourt. *Choix d'épures de géométrie descriptive et de géométrie cotée,* à l'usage des candidats à l'Ecole de Saint-Cyr, à l'Ecole navale, à l'Institut agronomique et

des élèves de la classe de mathématiques élémentaires. In-4, cartonné. 6 fr.

Bécourt et A. Morel, professeur à l'École Lavoisier. *Choix d'Epures de géo-

métrie descriptive à l'usage des candidats aux Écoles polytechnique, normale et centrale et aux Écoles des Mines et des Ponts et Chaussées, et des Élèves de la classe de Mathématiques spéciales. 1 vol. in-4° cart. 7 fr.

Bertrand (Joseph), membre de l'Institut. *Traité d'algèbre :*

1re *partie*, à l'usage des classes de Mathématiques élémentaires. In-8, br. 5 fr.

2e *partie*, à l'usage des classes de Mathématiques spéciales. 1 vol. in-8, br. 5 fr.

Bos. *Éléments d'algèbre*, à l'usage de la classe de Mathématiques élémentaires et des candidats au baccalauréat. 1 vol. in-8, broché. 7 fr.

Bourlet (Carlo). *Cours élémentaire d'algèbre*, à l'usage de la classe de Troisième A et des classes de Quatrième et Troisième B. 1 vol. in-16, avec figures, cart. » »

Briot et Vacquant. *Éléments de géométrie descriptive*, à l'usage des classes de Mathématiques élémentaires et des candidats au baccalauréat. 1 vol. in-8, avec figures, broché. 3 fr. 50

Dessenon. *Éléments de géométrie analytique*, 2e édition, à l'usage des candidats aux Écoles navale et centrale et des élèves de première année de la classe de Mathématiques spéciales. 1 vol. in-8, avec figures, broché. 7 fr. 50

Kiæs. *Traité élémentaire de géométrie descriptive :*

1re *partie*, à l'usage des classes de Mathématiques élémentaires et des candidats au baccalauréat. 1 vol. in-8 de texte et 1 vol. in-8 de planches, brochés. 7 fr.

2e *partie*, à l'usage des classes de Mathématiques spéciales et des candidats aux Écoles normale supérieure, polytechnique et centrale. 1 vol. in-8 de texte et 1 vol. in-8 de planches, brochés. 10 fr.

Launay, professeur hon. au lycée Saint-Louis. *Éléments d'algèbre*, à l'usage des classes de lettres. 1 vol. in-16, avec fig., cartonnage toile. 3 fr.

— *Compléments d'algèbre* à l'usage des candidats aux différentes écoles du gouvernement. 1 vol. in-8, br. 7 fr. 50

Pichot. *Algèbre élémentaire*, à l'usage des classes de lettres. 7e édition, revue par M. Ducatel, professeur au lycée Condorcet. 1 vol. in-16, cart. 3 fr.

— *Éléments de trigonométrie rectiligne*, à l'usage de la classe de Mathématiques élémentaires. Nouvelle édition revue par M. Ducatel. 1 vol. in-8, broché. 3 fr. 50

Pichot et de Batz de Trenquelléon. *Géométrie descriptive*, à l'usage des candidats au baccalauréat. 1 vol. in-8, avec figures, broché. 3 fr.

— *Complément de géométrie descriptive.* 1 vol. in-8, avec figures, broché. 3 fr. 50

Sonnet. *Premiers éléments de calcul infinitésimal.* 5e édit. 1 vol. in-8, br. 6 fr.

Sonnet et Frontera. *Éléments de géométrie analytique*, rédigés conformément au dernier programme d'admission à l'École normale supérieure. In-8, br. 8 fr.

Tombeck. *Traité élémentaire d'algèbre*, à l'usage des classes de Mathématiques élémentaires. 1 vol. in-8, broché. 4 fr.

— *Cours de trigonométrie rectiligne.* 1 vol. in-8, broché. 2 fr. 50

— *Traité élémentaire de géométrie descriptive.* 1 vol. in-8, broché. 2 fr. 50

§ 4. Mécanique.

Collignon, inspecteur de l'École des ponts et chaussées. *Traité de mécanique.* 5 vol. in-8, avec figures, brochés. 37 fr. 50

1re partie, *Cinématique.* 1 vol. 7 fr. 50

2e partie, *Statique.* 1 vol. 7 fr. 50

3e partie, *Dynamique.* Liv. I à IV. 7 fr. 50

4e partie, *Dynamique.* Livres I à IV. 1 volume. 7 fr. 50

5e partie, *Compléments.* 1 vol. 7 fr. 50

Maneuvrier, docteur ès sciences. *Traité de mécanique rationnelle et appliquée.* 1 vol. in-16, cart. 4 fr.

Mascart, professeur au Collège de France. *Éléments de mécanique*, rédigés conformément au programme de l'enseignement scientifique dans les lycées. In-8, broché. 8 fr.

Mondiet et Thabourin : *Cours élémentaire de mécanique*, avec des énoncés et des problèmes, à l'usage de la classe de Mathématiques élémentaires. 2 vol. in-8, avec figures, brochés :

1er fascicule. *Statique.* 1 vol. 2 fr. 50

2e fascicule. *Cinématique.* 1 v. 2 fr. 50

Traité des Mécanismes. 1 v. in-8 br., 3 fr.

Traité des Moteurs. 1 vol. in-8 br. 6 fr.

— *Problèmes élémentaires de mécanique.* 1 vol. in-8, broché. 5 fr.

Pichot et de Batz de Trenquelléon. *Éléments de mécanique*, à l'usage de la classe de Mathématiques élémentaires. 1 vol. in-8, avec figures, broché. 3 fr. 50

Tombeck. *Notions de mécanique*, à l'usage des élèves des lycées. 1 vol. in-8. 2 fr.

§ 5. *Cosmographie.*

Barrieu, professeur honoraire au lycée de Périgueux. *Dix leçons de Cosmographie*, in-16, cart.   2 fr.

Pichot. *Traité élémentaire de cosmographie*, à l'usage de la classe de Mathématiques élémentaires. 1 vol. in-8, avec 207 figures et 2 planches, broché.   6 fr.

Pichot(suite). *Cosmographie élémentaire*, à l'usage de la classe de Rhétorique. 1 vol. in-16, avec 147 fig., cart. toile.   2 fr. 50

Tombeck. *Cours de cosmographie.* 1 vol. in-8, avec figures, broché.   3 fr. 50

§ 6. *Physique; Chimie.*

Angot, ancien professeur de physique au lycée Condorcet. *Traité de physique élémentaire*, à l'usage des classes de Mathématiques élémentaires et des candidats à l'Ecole polytechnique. 1 vol. in-8, broché.   8 fr.
Cartonné toile.   9 fr.

Banet-Rivet, professeur au lycée Michelet. *Cours de physique*, à l'usage des candidats à l'Ecole de Saint-Cyr. 1 vol. in-16, avec fig., broché.   5 fr.
— *Problèmes de physique et de chimie*, à l'usage des candidats aux divers baccalauréats. 1 vol. in-16, broché.   3 fr.

Chassagny, professeur au lycée Janson-de-Sailly.
— *Cours de physique*, à l'usage des classes de Première et de Philosophie, et des candidats au baccalauréat et aux Ecoles du gouvernement. 2ᵉ édition, rédigée conformément aux programmes officiels du 31 mai 1902. 1 vol. in-16, avec une préface de M. Appell, membre de l'Académie des sciences, professeur à la Sorbonne, et 789 figures, broché.   7 fr. 50
    Cartonné toile.   8 fr.
— *Manuel théorique et pratique d'électricité*, conforme aux programmes officiels de l'Enseignement secondaire, avec 276 fig. dans le texte. 1 vol. in-16, cart. toile.   4 fr.
— *Précis de physique*, rédigé conformément aux programmes officiels du 31 mai 1902, à l'usage des classes de 4ᵉ et de 3ᵉ B. Premier cycle. 1 vol. in-16, avec figures, cartonnage toile.   »   »

Dupont (A.) et **Freundler**, chef des travaux pratiques du laboratoire d'enseignement de la chimie appliquée à la Faculté des sciences de Paris : *Manuel opératoire de chimie organique.* 1 vol. in-8° avec figures, cart. toile.   10 fr.

Ganot. *Traité élémentaire de physique*; 21ᵉ édit., refondue et complétée par M. Maneuvrier, docteur ès sciences, agrégé des sciences physiques. 1 fort vol. in-16, avec 1025 fig., broché.   8 fr.
Cartonné toile.   8 fr. 50

Ganot (suite). *Cours de physique purement expérimentale et sans mathématiques*; 9ᵉ édition(1837),refondue et rédigée à nouveau, par M. Maneuvrier. 1 vol. in-16, avec 569 fig., broché.   6 fr.
Cartonné toile.   6 fr. 50

Gay, professeur de physique au lycée Louis-le-Grand ; *Lectures scientifiques* (physique, chimie). 1 fort vol. in-16, avec fig., cartonnage toile.   5 fr.

Gossin, proviseur honoraire du lycée de Lyon. *Cours de physique*, 4ᵉ édition, à l'usage de la classe de Philosophie. 1 vol. in-16, avec figures, cart. toile.   4 fr.

Joly (A.). *Cours de chimie*, rédigé conformément aux programmes officiels de 1890 :
— *Cours élémentaire de chimie*, notation atomique, à l'usage des candidats aux Baccalauréats classique et moderne et aux Ecoles du gouvernement. 3 vol. in-16, brochés :
Chimie générale. — *Métalloïdes*, 4ᵉ édit., revue par M. Lespieau, chargé de conférences à l'Ecole normale supérieure. 1 vol. in-16, broché.   5 fr.
Métaux et chimie organique, 4ᵉ édit. revue par M. Lespieau. 1 vol.   5 fr.
Manipulations chimiques. 2ᵉ édition. 1 volume in-16, broché.   2 fr. 50
Le cartonnage toile de chaque vol. se paie en sus.   50 c.
— *Eléments de chimie*, notation atomique, conformes aux programmes de la classe de Philosophie, du Baccalauréat classique et de la classe de Troisième moderne, 7ᵉ édit. 1 vol. in-16, avec figures, cart. toile.   3 fr.
— *Précis de chimie*, notation atomique, à l'usage de l'enseignement secondaire des jeunes filles, des écoles normales primaires, des écoles d'agriculture et de l'enseignement primaire supérieur. 5ᵉ édition, revue et corrigée. 1 vol. in-16, cart. toile.   3 fr.

On vend séparément, broché :

1re partie : *Métalloïdes*. 1 vol. br. 3 fr. 50
2e partie : *Métaux et chimie organique*. 1 vol. broché. 1 fr. 50

Joly et **Lespieau**. *Nouveau Cours de chimie*, rédigé conformément aux programmes officiels de l'Enseignement secondaire du 31 mai 1902 :
Nouveau Cours élémentaire de chimie, à l'usage des candidats au baccalauréat 2e partie. Philosophie-Mathématiques.

1 fort vol. in-16, avec de nombreuse figures, broché.
Nouveaux Éléments de chimie, à l'usage des candidats au baccalauréat 1re partie. 1 vol. in-16, avec fig., cart. toile.
Nouveau Précis de chimie, à l'usage des classes de Quatrième A et de Troisième B. 1 vol. in-16, avec fig., cart. toile.
Nouvelles manipulations de chimie. 1 vol. in-16 broché.

§ 7. *Histoire naturelle*.

Gervais. *Éléments de zoologie*, comprenant l'anatomie, la physiologie, la classification et l'histoire naturelle des animaux; 4e édit. 1 v. in-8, avec 604 figures et 3 planches, broché. 9 fr.

Leclerc du Sablon, professeur à la Faculté des sciences de Toulouse. *Lectures scientifiques sur l'histoire naturelle*. 1 vol. in-16, cartonnage toile. 5 fr.

Mangin, professeur au lycée Louis-le-Grand. *Cours élémentaire de botanique*, à l'usage de la classe de Cinquième. 1 vol. in-16, avec 446 fig., cart. toile. 3 fr. 50
— *Anatomie et physiologie végétales*, à l'usage de la classe de Philosophie A, B, et de Mathématiques A, B. 1 vol. in-16, avec fig., cart. toile. » »
— *Éléments d'hygiène*, à l'usage de la classe de Philosophie. 1 vol. in-16 avec gravures, cartonnage toile. 3 fr.

Perrier, professeur au Muséum d'histoire naturelle de Paris. *Éléments de zoologie*, à l'usage de la classe de Sixième. 1 vol., cart. toile. 3 fr.

Perrier (suite). *Anatomie et physiologie animales*, à l'usage de la classe de Philosophie A, B, et de Mathématiques A, B. » »

Retterer, professeur agrégé à la Faculté de Médecine de Paris : *Anatomie et physiologie animales*, à l'usage de l'enseignement secondaire. Classes de Philosophie et de Première. 1 vol. in-16, avec fig., cart. toile. 6 fr.

Seignette, professeur au lycée Condorcet : *Notions préliminaires de géologie*, cl. de 4e A et de 5e B. 1 vol. in-16, avec 78 fig., cartonnage toile. 1 fr. 50
— *Conférences de géologie*, classe de Seconde A, B, C, D. 1 vol. avec 177 figures et une carte en couleur, cart. toile. 1 fr. 50
— *Leçons de paléontologie animale*, cl. de Philosophie et de Mathématiques A, B. 1 vol. avec 70 fig., cart. toile. 1 fr.

8° ÉTUDE DE LA LANGUE LATINE

Anthologie des poètes latins (à l'exclusion des ouvrages compris dans les programmes) (*Silius, Stace, Ausone, Claudien, — Perse, Juvénal, Martial, — Catulle, Tibulle, Properce, Ovide*), publiée et annotée par M. A. Waltz, professeur à la Faculté des lettres de Bordeaux. 1 vol. petit in-16, cart. 2 fr.

Auteurs latins (les) expliqués d'après une méthode nouvelle par deux traductions françaises, l'une littérale et *juxtalinéaire*, présentant le mot à mot français en regard des mots latins correspondants; l'autre correcte et précédée du texte latin ; par une société de professeurs et de latinistes. Format in-16, broché :
Cette collection comprend les principaux auteurs qu'on explique dans les classes.

César : Guerre des Gaules, 2 vol. 9 fr.
Chaque volume se vend séparément.
— Guerre civile, livre I. 2 fr. 25

Cicéron : Brutus. 4 fr.
— Catilinaires (les quatre). 2 fr.
— Des lois, livre I. 1 fr. 50
— Des devoirs. 6 fr.
— Dialogue sur l'amitié. 1 fr. 25
— Dialogue sur la vieillesse. 1 fr. 25
— Discours pour la loi Manilia. 1 fr. 50
— Discours pour Ligarius. 75 c.
— Discours pour Marcellus. 75 c.
— Discours sur les statues. 3 fr.
— Discours sur les supplices. 3 fr.
— Seconde philippique. 2 fr.
— Plaidoyer pour Archias. 90 c.
Cicéron : Plaidoyer pour Milon. 1 fr. 50
— Plaidoyer pour Muréna. 2 fr. 50
— Songe de Scipion. 75 c.
Cornelius Nepos. 5 fr.
Epitome historiæ græcæ. 3 fr. 50
Heuzet : Histoires choisies des écrivains profanes. 2 vol. 6 fr.

Horace : Art poétique.   75 c.
— Épîtres.   2 fr.
— Odes et Épodes. 2 vol.   4 fr. 50
    Les livres I et II Odes.   2 fr.
    Les livres III et IV des Odes et les
    Épodes.   2 fr. 50
— Satires.   2 fr.
Justin : Histoires philippiques. 2 v. 12 fr.
    Chaque volume séparément.   6 fr.
Lhomond : Abrégé de l'histoire sainte. 3 fr.
— Sur les hommes illustres de la ville de
    Rome. ——   4 fr. 50
Lucrèce : Morceaux choisis de M Poyard.
    Prix.   3 fr. 50
Ovide : Choix des métamorphoses.   6 fr.
Phèdre : Fables.   2 fr.
Plaute : L'Aululaire.   1 fr. 75
Quinte-Curce : Histoire d'Alexandre le
    Grand. 2 vol.   12 fr.
    Chaque volume se vend séparément.   6 fr.
Salluste : Catilina.   1 fr. 50
— Jugurtha.   2 fr. 50
Sénèque : De la vie heureuse.   1 fr. 50
Tacite : Annales. 4 vol.   18 fr.
    Chaque volume se vend séparément.
— Germanie (la).   1 fr. 50
— Histoires. Livres I et II.   5 fr.
— Vie d'Agricola.   1 fr. 75
Térence : Adelphes.   2 fr.
— Adrienne.   2 fr. 50
Tite-Live. Livres XXI et XXII.   5 fr.
— Livres XXIII, XXIV et XXV. 7 fr. 50
Virgile : Bucoliques (les).   1 fr.
— Géorgiques (les).   2 fr.
— Enéide : 4 volumes.   -   16 fr.
    Chaque volume séparément.   4 fr.
    Chaque livre séparément.   1 fr. 50
Bloume. *Une première année de latin*;
    8e édition. 1 vol. in-16, cartonné.   2 fr.
Bréal, professeur au Collège de France, et
    Person (Léonce), ancien professeur au
    lycée Condorcet. *Grammaire latine élé-
    mentaire*. 1 v. in-16, cart. toile.   2 fr.
— *Grammaire latine*, cours élémentaire et
    moyen. 1 volume in-16, cartonnage toile.
    Prix.   2 fr. 50
— *Exercices*. Voyez *Pressard*.
Bréal et Bailly, professeur honoraire au
    lycée d'Orléans. *Leçons de mots* : les mots
    latins groupés d'après le sens et l'étymo-
    logie :
    Cours élémentaire, à l'usage de la
    classe de Sixième. In-16 cart.   1 fr. 25
        Exercices sur le Cours élémentaire.
    Voyez *Person*.
    Cours intermédiaire, à l'usage des
    classes de Cinquième et de Quatrième.
    1 vol. in-16, cartonné.   2 fr. 50
    Cours supérieur. Dictionnaire étymo-
    logique latin. 1 vol. in-8, cart.   5 fr.

Chassang, ancien inspecteur général de
    l'instruction publique. *Modèles de com-
    position latine*, avec des arguments, des
    notes et des préceptes sur chaque genre de
    composition. 1 vol. in-16, cart.   2 fr.
Chatelain, chargé de cours à la
    Faculté des lettres de Paris. *Lexique
    latin-français*, rédigé conformément au
    décret du 19 juin 1880, à l'usage des can-
    didats au baccalauréat; nouvelle édition.
    1 vol. in-16, cart.   6 fr.
Classiques latins; nouvelle collection,
    format petit in-16, publiée avec des no-
    tices, des arguments analytiques et des
    notes en français.
Anthologie des poètes latins (Waltz). 2 fr.
César : Commentaires (Benoist, Dosson et
    Legeay). 1 vol.   2 fr. 50
Cicéron : Extraits des discours (F. Ra-
    gon).   2 fr. 50
— Morceaux choisis tirés des traités de
    rhétorique (E. Thomas).   2 fr. 50
— Extraits des œuvres morales et philo-
    sophiques (E. Thomas).   2 fr.
— Choix de lettres (V. Cucheval).   2 fr.
— De amicitia (E. Charles).   75 c.
— De finibus bonorum et malorum, libri
    I et II (E. Charles).   1 fr. 50
— De legibus, livre I (Lucien Lévy).   75 c.
— De natura Deorum (Thiaucourt). 1 fr. 50
— De republica (E. Charles).   1 fr. 50
— De signis (E. Thomas).   1 fr. 50
— De senectute (E. Charles).   75 c.
— De suppliciis (E. Thomas).   1 fr. 50
— In M. Antonium oratio philippica se-
    cunda (Gautrelle).   1 fr.
— In Catilinam orationes (Noël).   75 c.
— Orator (C. Aubert).   1 fr.
— Pro Archia poeta (E. Thomas).   60 c.
— Pro lege Manilia (Noël).   60 c.
— Pro Ligario (Noël).   30 c.
— Pro Marcello (Noël).   30 c.
— Pro Milone (Monet).   90 c.
— Pro Murena (Noël).   75 c.
— Somnium Scipionis (V. Cucheval). 30 c.
Cornelius Nepos (Monginot).   90 c.
Élégiaques romains (Waltz).   1 fr. 80
Epitome historiæ græcæ (Julien Gi-
    rard).   1 fr. 50
Heuzet : Selectæ e profanis scriptoribus
    historiæ. Édition simplifiée (Leconte).
    Prix.   1 fr. 80
Horace : De arte poetica (M. Albert). 60 c.
Jouvency : Appendix de diis et heroibus
    (Edeline).   70 c.
Lhomond : De viris illustribus urbis Ro-
    mæ (L. Duval).   1 fr. 50
— Epitome historiæ sacræ (Pressard). 75 c.
Lucrèce : De rerum natura liber I (Benoist
    et Lantoine).   90 c.

Lucrèce (suite), De rerum natura, liber V (Benoist et Lantoine). 90 c.
— Morceaux choisis (Poyard). 1 fr. 50
Narrationes (Riemann et Uri). 2 fr. 50
Ovide : Morceaux choisis des métamorphoses (Armengaud). 1 fr. 80
Pères de l'Église latine : Morceaux choisis (Nourrisson). 2 fr. 25
Phèdre : Fables (Havet). 1 fr. 80
Plaute : L'aululaire (Benoist). 80 c.
— Morceaux choisis (Benoist). 2 fr
Pline le Jeune : Choix de lettres (Waltz) Prix : 1 fr. 80
Quinte-Curce (Dosson et Pichon). 2 fr. 25
Quintilien : De institutione oratoria (Dosson). 1 fr. 50
Salluste (Lallier). 1 fr. 50
Sénèque : De vita beata (Delaunay). 75 c.
— Lettres à Lucilius, I à XVI (Aubé). 75 c.
— Extraits (P. Thomas). 1 fr. 80
Tacite : Annales (Jacob). 2 fr. 50
— Annales, liv. I, II et III (Jacob). 1 fr. 50
— Dialogue des Orateurs (Goelzer). 1 fr.
— Germanie (La) (Gœlzer). 1 fr.
— Hist., livres I et II (Gœlzer). 1 fr. 80
— Vie d'Agricola (Jacob). 75 c.
Térence : Adelphes (Psichari). 80 c.
Théâtre latin (Ramain). 2 fr. 50
Tite-Live (Riemann et Benoist).
Livres XXI et XXII. 1 vol. 2 fr.
Livres XXIII, XXIV et XXV. 1 v. 2 fr. 50
Livres XXVI à XXX. 1 vol. 3 fr. »
Virgile (Benoist et Duvau). 2 fr. 25
Classiques latins, format in-16. Éditions publiées avec des notes en français, par les auteurs dont les noms sont indiqués entre parenthèses.
Cicero : De officiis (H. Marchand). 1 fr.
— De oratore (Bétolaud). 1 fr. 50
— Tusculanarum quæstionum libri V (Jourdain). 1 fr. 50
Horatius : Opera (Sommer). 2 fr.
Justinus : Historiæ philippicæ (Pessonneaux). 1 fr. 50
Pline l'Ancien : Morceaux extraits de l'Histoire naturelle (Chassang). 1 fr. 50
Pline le Jeune : Panégyrique de Trajan (Bétolaud). 75 c.
Sénèque : Choix de lettres morales à Lucilius (Sommer). 1 fr. 25
Voir ci-dessus *Classiques latins* (nouvelle collection, format petit in-16).
Comte (Ch.), professeur agrégé au lycée Carnot. *Exercices latins à l'usage des commençants.* Recueil de versions et de thèmes écrits ou oraux sur l'Abrégé de Grammaire latine de M. L. Havet, avec un vocabulaire. 1 v. in-16, cart. toile. 2 fr. 50
Contiones latinæ. Discours tirés de *César, Salluste, Tite-Live, Tacite,*

Ammien Marcellin et fragments de discours originaux publiés et annotés par M. P. Guiraud, professeur à la Faculté des lettres de Paris. 1 vol. in-16, cartonnage toile. 2 fr. 50
Éditions à l'usage des professeurs. Textes latins publiés d'après les travaux les plus récents de la philologie, avec des commentaires critiques et explicatifs, des introductions et des notices. Format grand in-8, broché. En vente :
Cicéron : Discours pour le poète Archias, par M. Emile Thomas, professeur à la Faculté des lettres de Lille. 1 vol. 2 fr. 50
— De suppliciis, par M. E. Thomas. 1 vol. Prix : 4 fr.
— De signis, par M. E. Thomas, 1 vol. 4 fr.
— Divinatio in Q. Cæcilium, par M. E. Thomas, 1 vol. 2 fr. 50
— Verrines. Divinatio in Q. Cæcilium et actionis secundæ, Libri IV et V, De signis et De suppliciis, par M. E. Thomas. 1 vol. 8 fr.
— Brutus, par M. J. Martha, maître de conférences à l'École normale supérieure. 1 vol. 6 fr.
Cornelius Nepos, par M. Monginot, professeur au lycée Condorcet. 1 vol. 6 fr.
Horace : L'Art poétique, par M. M. Albert, prof. au lycée Condorcet. 1 vol. 2 fr. 50
Lucrèce : De la nature des choses, liv. V, par MM. Benoist et Lantoine. 1 vol. 4 fr.
Salluste : Guerre de Jugurtha, par M. Lallier, ancien professeur à la Faculté des lettres de Paris. 1 vol. 4 fr.
— Catilina, par M. Antoine. 1 vol. 6 fr.
Tacite : Annales, par M. Jacob, professeur au lycée Louis-le-Grand. 2 vol. 15 fr.
— Dialogue des orateurs, par M. Gœlzer, maître de conférences à la Faculté des lettres de Paris. 1 vol. 4 fr.
Virgile, par M. Benoist. 3 vol. :
Bucoliques et Géorgiques. 1 vol. 7 fr. 50
Énéide; 3° tirage. 2 vol. 15 fr.
Chaque volume séparément 7 fr. 50
Gow (Dʳ J.), principal du collège de Nottingham, et **S. Reinach** : *Minerva*, introduction à l'étude des classiques scolaires grecs et latins. Ouvrage adapté aux besoins des écoles françaises. 2° édit. 1 vol. in-16, cartonnage toile. 3 fr.
Havet (L.), prof. de philologie latine au Collège de France. *Abrégé de grammaire latine*, à l'usage des classes de grammaire. 1 vol. in-16, cart. toile. 1 fr. 50
— *Exercices.* Voyez *Comte.*
Le Roy. *Sujets et développements de compositions* données dans les Facultés de 1860 à 1873, avec des observations de M. Dübner. 2° édit. 1 vol. in-8, br. 4 fr.

Lhomond. *Éléments de la grammaire latine.* 1 vol. in-16, cartonné. 80 c.

Marais. *Recueil de versions latines* dictées dans les Facultés, depuis 1874 jusqu'en 1881, pour l'examen du baccalauréat ès sciences; *textes et traductions.* 2 vol. in-8, brochés. 6 fr.
Chaque volume séparément. 3 fr.

Merlet. *Études littéraires sur les grands classiques latins,* avec des extraits empruntés aux meilleures traductions. 1 vol. in-16, broché. 4 fr.

Méthode uniforme pour l'enseignement des langues, par E. Sommer.
Abrégé de grammaire latine. In-16, cartonné. 1 fr. 25
Exercices sur l'Abrégé de grammaire latine. 1 vol. in-16, cartonné. 1 fr. 25
Corrigé desdits exercices. In-16. 1 fr. 50
Cours de versions latines extraites du recueil de Jacobs. 1ʳᵉ et 2ᵉ parties. 2 vol. in-16, cartonnés. Chaque vol. 1 fr.

Noël. *Dictionnaire français-latin;* nouvelle édition revue par M. Pessonneaux, professeur au lycée Henri IV. 1 vol. grand in-8, cartonnage toile. 8 fr.
— *Dictionnaire latin-français;* nouvelle édition revue par M. Pessonneaux. 1 vol. grand in-8, cartonnage toile. 8 fr.
— *Gradus ad Parnassum,* nouv. édit., revue par M. de Parnajon, profess. au lycée Henri IV. 1 vol. gr. in-8, cart. toile. 8 fr.

Patin. *Études sur la poésie latine.* 2 vol. in-16, brochés. 7 fr.

Petitjean (J.), professeur agrégé au lycée Condorcet. *Tableau d'analyse logique* (français, latin et grec), in-16, br. 80 c.

Person (Léonce), ancien professeur au lycée Condorcet: *Exercices de traduction et d'application* (thèmes et versions) sur les mots latins de MM. Bréal et Bailly. Cours élémentaire. 1 vol. in-16, cart. 1 fr.

Pichon (R.), professeur au lycée Condorcet. *Histoire de la littérature latine,* des origines à la fin du vᵉ siècle après Jésus-Christ. 1 vol. in-16, br. 5 fr. Cart. t. 5 fr. 50

Pierron. *Histoire de la littérature romaine.* 1 vol. in-16, broché. 4 fr.

Pressard, professeur honoraire au lycée Louis-le-Grand: *Premières leçons de latin.* 1 vol. in-16, cartonné. 2 fr. 50
— *Exercices latins,* thèmes, versions, questionnaires et exercices oraux sur la Grammaire latine élémentaire de MM. Bréal et Person. 2 vol.
1ʳᵉ partie: Exercices sur les déclinaisons, les conjugaisons et les mots invariables. Thèmes et versions sur les éléments de la syntaxe, avec des listes de mots. 1 vol. in-16, cartonnage toile. 2 fr. 50
2ᵉ partie: Exercices sur la syntaxe et exercices généraux avec un vocabulaire. 1 vol. in-16, cartonnage toile. 2 fr. 50

Quicherat (L.). *Dictionnaire français-latin.* Nouvelle édit. refondue par M. Chatelain. Grand in-8, cartonnage toile. 9 fr. 50
— *Thesaurus poeticus linguæ latinæ.* 1 vol. grand in-8, carton. toile. 8 fr. 50
— *Nouvelle prosodie latine.* 1 vol. in-16, cartonné. 1 fr.
— *Traité de versification latine.* 1 vol. in-16, cartonné. 3 fr.

Quicherat et Daveluy. *Dictionnaire latin-français.* Nouvelle édition entièrement refondue par M. Chatelain. Grand in-8, cartonnage toile. 9 fr. 50

Sommer. *Lexique français-latin,* à l'usage des classes élémentaires, extrait du dictionnaire français-latin de M. Quicherat; nouvelle édition revue et complétée par M. Chatelain. 1 vol. in-8, cartonnage toile. 3 fr. 75
— *Lexique latin-français,* à l'usage des classes élémentaires, extrait du Dictionnaire latin-français de MM. Quicherat et Daveluy; nouvelle édition revue et complétée par M. Chatelain. 1 vol. in-8, cartonnage toile. 3 fr. 75
Voir *Méthode uniforme pour l'enseignement des langues,* page 23.

Thurot et Chatelain. *Prosodie latine.* 1 vol. in-16, cart. 1 fr. 25

Traductions françaises des chefs-d'œuvre de la littérature latine, sans le texte latin. In-16, br. Chaque volume. 3 fr. 50
Le nom des traducteurs est indiqué entre parenthèses.
Juvénal et Perse (E. Despois), 1 vol.
Lucrèce (Patin), 1 vol.
Plaute (E. Sommer), 2 vol.
Sénèque (J. Baillard), 2 vol.
Tacite (J.-L. Burnouf), 1 vol.
Tite-Live (Gaucher), 4 vol.
Virgile (Cabaret-Dupaty), 1 vol.

Tridon-Péronneau. *Cours de Versions latines,* 125 textes précédés de notices sur les auteurs, et de notes grammaticales, historiques et littéraires, à l'usage des candidats au baccalauréat. Textes latins. 1 vol. in-16, broché. 2 fr.
Traduction française. 1 v. in-16, br. 1 fr. 50

Uri (J.). *Recueil de versions latines,* dictées à la Sorbonne et dans les facultés des départements pour les examens du baccalauréat ès lettres, de 1893 à 1898. 2 vol. in-16; *textes et traductions,* br. 3 fr.

9° ÉTUDE DE LA LANGUE GRECQUE ANCIENNE

Alexandre (C.). *Dictionnaire grec-français*, suivi d'un *Vocabulaire grec-français des noms propres de la langue grecque*, par A. Pillon. 1 vol. grand in-8, cartonnage toile.   15 fr.
— *Abrégé du dictionnaire grec-français*, par le même auteur. 1 vol. grand in-8, cartonnage toile.   7 fr. 50
Alexandre, Planche et Defauconpret. *Dictionnaire français-grec.* 1 vol. gr. in-8, cartonnage toile.   15 fr.
Auteurs grecs (les) expliqués d'après une méthode nouvelle, par deux traductions françaises, l'une littérale et *juxtalinéaire*, présentant le mot à mot français en regard des mots grecs correspondants, l'autre correcte et précédée du texte grec, avec des sommaires et des notes en français, par une société de professeurs et d'hellénistes. Format in-16.
Cette collection comprend les principaux auteurs qu'on explique dans les classes.
Aristophane : Plutus.   2 fr. 25
— Morceaux choisis de M. Poyard.   6 fr.
Aristote : Morale à Nicomaque, livre VIII. 1 vol.   1 fr. 50
— Morale à Nicomaque, liv. X.   1 fr. 50
— Poétique.   2 fr. 50
Babrius : Fables.   4 fr.
Basile (S.) : De la lecture des auteurs profanes.   1 fr. 25
— Contre les usuriers.   75 c.
— Observe-toi toi-même.   90 c.
Chrysostome (S. *Jean*) : Homélie en faveur d'Eutrope.   60 c.
— Homélie sur le retour de l'évêque Flavien.   1 fr.
Démosthène : Discours contre la loi de Leptine.   3 fr. 50
— Discours pour Ctésiphon ou sur la couronne.   3 fr. 50
— Harangue sur les prévarications de l'ambassade.   6 fr.
— Les trois Olynthiennes.   1 fr. 50
— Les quatre Philippiques.   2 fr.
Denys d'Halicarnasse : Première lettre à Ammée.   1 fr. 25
Eschine : Discours contre Ctésiphon.   4 fr.
Eschyle : Prométhée enchaîné.   3 fr.
— Sept (les) contre Thèbes.   1 fr. 25
— Morceaux choisis de M. Weil.   5 fr.
Esope : Choix de fables.   1 fr. 25
Euripide : Alceste.   2 fr.
— Electre.   3 fr.
— Hécube.   2 fr.
— Hippolyte.   3 fr. 50

Euripide (suite): Iphigénie à Aulis.   3 fr.
— Médée.   3 fr.
Grégoire de Nazianze (S.) : Eloge funèbre de Césaire.   1 fr. 25
— Homélie sur les Macchabées.   90 c.
Grégoire de Nysse (S.) : Contre les usuriers.   75 c.
— Eloge funèbre de saint Mélèce.   75 c.
Hérodote : Morceaux choisis.   7 fr. 50
Homère : Iliade. 6 volumes.   20 fr.
Chaque volume séparément.   5 fr. 50
Chaque chant séparément.   1 fr.
— Odyssée. 6 vol.   24 fr.
Chaque volume séparément.   4 fr.
Chaque chant séparément.   1 fr.
Isocrate : Archidamus.   1 fr. 50
— Conseils à Démonique.   75 c.
— Eloge d'Evagoras.   1 fr.
— Panégyrique d'Athènes.   2 fr. 50
Luc (S.) : Evangile.   3 fr.
Lucien : Dialogues des morts.   2 fr. 25
— Le songe, ou le coq.   1 fr. 50
— De la manière d'écrire l'histoire.   2 fr.
— Extraits.   3 fr. 50
Pères grecs (choix de discours tirés des). Prix :   7 fr. 50
Pindare : Isthmiques (les).   2 fr. 50
— Néméennes (les).   3 fr.
Pindare : Olympiques (les).   3 fr. 50
— Pythiques (les).   3 fr. 50
Platon : Alcibiade (le 1ᵉʳ).   2 fr. 50
— Apologie de Socrate.   2 fr.
— Criton.   1 fr. 25
— Gorgias.   6 fr.
— Ion.   » fr. »
— Menexène.   1 fr. 50
— Phédon.   5 fr.
— République, livre VI.   2 fr. 50
— République, livre VIII.   2 fr. 50
Plutarque : De la lecture des poètes.   3 fr.
— Sur l'éducation des enfants.   2 fr.
— Vie d'Alexandre.   3 fr.
— Vie d'Aristide.   2 fr.
— Vie de César.   2 fr.
— Vie de Cicéron.   3 fr.
— Vie de Démosthène.   2 fr. 50
— Vie de Marius.   3 fr.
— Vie de Périclès.   3 fr.
— Vie de Pompée.   5 fr.
— Vie de Solon.   3 fr.
— Vie de Sylla.   3 fr.
— Vie de Thémistocle.   2 fr.
Sophocle : Ajax.   2 fr. 50
— Antigone.   2 fr. 25
— Electre.   3 fr.
— Œdipe à Colone.   2 fr.

Sophocle (suite) : Œdipe roi.   1 fr. 50
— Philoctète.   2 fr. 50
— Trachiniennes (les).   2 fr. 50
Théocrite : Œuvres complètes.   7 fr. 50
Thucydide : Guerre du Péloponèse :
    Livre I.   6 fr.
    Livre II.   5 fr.
— Morceaux choisis de M. Croiset.   5 fr.
Xénophon : Anabase (les 7 liv.), 2 v. 12 fr.
    Chaque livre séparément.   2 fr.
— Apologie de Socrate.   60 c.
— Cyropédie, livre I.   1 fr. 25
—   —   livre II.   1 fr. 25
— Économique.   3 fr. 50
— Entretiens mémorables de Socrate (les
    quatre livres).   7 fr. 50
— Extraits des Mémorables.   2 fr. 50
— Extraits de la Cyropédie.   1 fr. 25
— Morceaux choisis de M. de Parnajon.
    Prix :   7 fr. 50
Bailly (A.), correspondant de l'Institut,
    professeur honoraire au lycée d'Orléans :
    Dictionnaire grec-français, rédigé avec
    le concours de M. E. Egger, à l'usage des
    Lycées et des Collèges, contenant le voca-
    bulaire complet de la langue grecque
    classique ; l'étymologie ; les noms propres
    placés à leur ordre alphabétique ; une
    liste des racines, etc. 3ᵉ édition. 1 vol.
    grand in-8 de 2200 pages, cart. toile.   15 fr.
— *Abrégé du Dictionnaire grec-fran-
    çais.* 1 vol. in-8°, cart. toile.   7 fr. 50
    Voir *Bréal et Bailly.*
Bréal et Bailly : *Leçons de mots :* les mots
    grecs groupés d'après le sens et l'étymo-
    logie. 1 vol. in-16, cart.   1 fr. 50
Voy. *Person :* Exerc. de trad. et d'applic.
Classiques grecs, nouvelle collection,
    format petit in-16, publiée avec des no-
    tices, des arguments analytiques et des
    notes en français.
Aristophane : Morceaux choisis (Bodin).
    Prix :   2 fr. 50
Aristote : Morale à Nicomaque, livre
    VIII (Lucien Lévy).   1 fr.
— Morale à Nicomaque, livre X (Hanne-
    quin).   1 fr. 50
— Poétique (Egger).   1 fr.
Babrius : Fables (Desrousseaux).   1 fr. 50
Démosthène : Discours de la couronne
    (Weil, membre de l'Institut).   1 fr. 25
— Les trois Olynthiennes (Weil).   60 c.
— Les quatre Philippiques (Weil).   1 fr.
— Sept Philippiques (H. Weil).   1 fr. 50
Denys d'Halicarnasse : Première lettre à
    Ammée (Weil).   60 c.
Élien : Morceaux (J. Luchaire)   1 fr. 10
Épictète : Manuel (Thurot).   1 fr.
Eschyle : Morceaux choisis (Weil). 1 fr. 60
— Les Perses (Weil).   1 fr.

Eschyle : Prométhée enchaîné (Weil). 1 fr.
Ésope : Choix de fables (Allègre).   1 fr.
Euripide : Théâtre (Weil). Alceste ; —
    Électre ; — Hécube ; — Hippolyte ; —
    Iphigénie à Aulis ; — Iphigénie en
    Tauride ; — Médée. Chaque tragédie. 1 fr.
Extraits des orateurs attiques (Bo-
    -din).   2 fr. 50
Hérodote : Morceau choisis (Tournier).
    1 vol.   2 fr.
Homère : Iliade (A. Pierron).   3 fr. 50
    Les chants 1, 2, 6, 9, 10, 18, 22 et 24 se ven-
    dent séparément, chacun   25 c.
— Odyssée (A. Pierron).   3 fr. 50
    Les chants 1, 2, 6, 11, 22 et 23 se vendent
    séparément, chacun   25 c.
Lucien : De la manière d'écrire l'histoire
    (Lehugeur).   75 c.
— Dialogues des morts (Tournier et Des-
    rousseaux).   1 fr. 50
— Morceaux choisis des Dialogues des
    morts, des dieux, etc. (Tournier et Des-
    rousseaux).   2 fr.
— Extraits : Timon d'Athènes. Le
    songe, etc. (V. Glachant).   1 fr. 80
— Le songe, ou le coq (Desrousseaux). 1 fr.
Platon : Criton (Ch. Waddington). 50 c.
— Extraits (Dalmeyda).   2 fr. 50
— Ion (Mertz).   75 c.
— Ménexène (Luchaire).   75 c.
— Phédon (Couvreur).   1 fr. 50
— République, livre VI (Aubé). 1 fr. 50
— République, livre VII (Aubé). 1 fr. 50
— République, livre VIII (Aubé). 1 fr. 50
— Morceaux choisis (Poyard).   2 fr.
Plutarque : Vie de Cicéron (Graux). 1 fr. 50
— Vie de Démosthène (Graux).   1 fr.
— Vie de Périclès (Jacob).   1 fr. 50
— Extraits suivis des vies parallèles
    (Bessières).   2 fr.
— Morceaux choisis des biographies
    (Talbot). 2 vol. :
    1° Les Grecs. 1 vol.   2 fr.
    2° Les Romains. 1 vol.   2 fr.
— Morceaux choisis des œuvres morales
    (V. Bétolaud). 1 vol.   2 fr.
Sophocle : Théâtre (Tournier). Ajax ; —
    Antigone ; — Électre ; — Œdipe à Co-
    lone ; — Œdipe roi ; — Philoctète ; — les
    Trachiniennes. Chaque tragédie.   1 fr.
    Le même théâtre, sans notes.   2 fr.
— Morceaux choisis (Tournier).   2 fr.
Thucydide : Morceaux choisis (A. Croi-
    set).   2 fr.
Xénophon : Anabase 7 livres (Couvreur).
    Prix :   3 fr.
— Morceaux choisis (de Parnajon).   2 fr.
— Économique (Graux et Jacob). 1 fr. 50
— Extraits de la Cyropédie (Petit-
    jean).   1 fr. 50

Xénophon (suite) : **Ext. des Mémorables**
(Jacob). 1 fr. 50
— Mémorables, livre I (Lebègue). 1 fr.

Classiques grecs, format in-16. Éditions publiées avec des notes en français.
Aristophane : Plutus (Ducasau). 1 fr.
Basile (S.) : Discours sur la lecture des auteurs profanes (Sommer). 50 c.
— Homélie sur le précepte : Observe-toi toi-même (Sommer). 30 c.
Chrysostome (S. Jean) : Discours sur l'évêque Flavien (Sommer). 40 c.
— Homélie en faveur d'Eutrope (Sommer). 30 c.
Démosthène : Discours contre la loi de Leptine (Stiévenart). 90 c.
Eschyle : Sept contre Thèbes (les) (Materne). 1 fr.
Grégoire (S.) de *Nazianze* : Homélie sur les Macchabées (Sommer). 40 c
Hérodote : Livre I (Sommer). 1 fr. 50
Isocrate : Archidamus (Leprévost). 50 c.
— Eloge d'Evagoras (Sommer). 50 c.
— Panégyrique d'Athènes (Sommer). 80 c.
Lucien. Nigrinus (C. Leprévost). 40 c.
— Songe (le) ou le Coq (de Sinner). 50 c.
Pères grecs : Choix de discours (Sommer). 1 fr. 75
Pindare : Isthmiques (les) (Fix et Sommer). 60 c.
— Néméennes (les) (id.). 90 c.
— Olympiques (les) (id.). 1 fr. 50
— Pythiques (les) (id.). 1 fr. 50
Platon : Alcibiade (le premier). 65 c.
— Alcibiade (le second) (Mablin). 50 c.
— Apologie de Socrate (Talbot). 60 c.
— Gorgias (Sommer). 1 fr. 50
Plutarque : De la lecture des poètes (Ch. Aubert). 75 c.
— De l'éducat. des enfants (C. Bailly). 60 c.
— Vie d'Alexandre (Bétolaud). 1 fr.
— Vie d'Aristide (Talbot). 1 fr.
— Vie de César (Materne). 1 fr.
— Vie de Pompée (Druon). 1 fr.
— Vie de Solon (Deltour). 1 fr.
— Vie de Thémistocle (Sommer). 1 fr.
Théocrite : Idylles choisies (L. Renier).
Prix : 1 fr. 25
Thucydide : Guerre du Péloponèse :
Livre I (Legouëz). 1 fr. 60
Livre II (Sommer). 1 fr. 60
Xénophon : Anabase, livre II à VII.
Chaque livre séparément. 75 c.
— Cyropédie, livre I (Huret). 75 c.
— Cyropédie, livre II (Huret). 75 c.
— Entretiens mémorables de Socrate (Sommer). 2 fr.
Croiset (A.) et **Petitjean**, professeur agrégé au lycée Condorcet. *Premières leçons de grammaire grecque*, rédigées

conformément au programme de la classe de Cinquième. 1 vol. in-16, cart. toile. 1 fr. 50
Croiset (A.) et **Petitjean** (suite). *Abrégé de grammaire grecque*, in-16, c.t. 2 fr. 50
— *Grammaire grecque* à l'usage des classes de grammaire et de lettres. 1 vol. in-16, cart. toile. 3 fr.
— Exercices d'application, voir *Petitjean* et *Glachant*.
Denys d'Halicarnasse. *Jugement sur Lysias*, texte et traduction française publiés avec un commentaire critique et explicatif par MM. Desrousseaux, directeur adjoint à l'Ecole des Hautes Etudes, et Egger, professeur agrégé au collège Stanislas. 1 vol. in-8, broché. 4 fr.
Dübner. *Lexique français-grec*, à l'usage des classes élémentaires. 1 vol. in-8. cartonnage toile. 6 fr.
— *Lhomond grec*, ou premiers éléments de la grammaire grecque. 1 volume in-8, cartonné. 1 fr. 50
— *Exercices* ou versions et thèmes sur les premiers éléments de la grammaire grecque, précédés d'un traité élémentaire d'accentuation. 1 vol. in-8, cart. 2 fr.
— *Corrigé des Exercices*. In-8, br. 1 fr.
Éditions à l'usage des professeurs. Textes grecs, publiés d'après les travaux les plus récents de la philologie, avec des commentaires critiques et explicatifs et des notices. Format gr. in-8, br. En vente :
Démosthène : Les harangues, par M. H. Weil, membre de l'Institut ; 2ᵉ édition. 1 vol. 8 fr.
— Les plaidoyers politiques, par M. H. Weil. 2 vol. 16 fr.
Euripide : Sept tragédies, par M. H. Weil ; 2ᵉ édition. 1 vol. 12 fr.
Homère : L'Iliade, par M. A. Pierron ; 3ᵉ édit. 2 vol. 16 fr.
— L'Odyssée, par M. A. Pierron ; 2ᵉ édit. 2 vol. 16 fr.
Sophocle : Tragédies, par M. Tournier, maître de conférences à l'Ecole normale supérieure ; 2ᵉ édit. 1 vol. 12 fr.
Thucydide : Guerre du Péloponèse. Livres I et II, par M. Alfred Croiset, doyen de la Faculté des lettres de Paris. 1 vol. in-8, broché. 8 fr.
Girard (J.), membre de l'Institut : *Etudes sur l'éloquence attique* (Lysias, Hypéride, Démosthène) ; 3ᵉ édit., in-16, br. 3 fr. 50
— *Le sentiment religieux en Grèce, d'Homère à Eschyle*, 3ᵉ édit. in-16, br. 3 fr. 50
Ouvrage couronné par l'Académie française.
— *Etudes sur la poésie grecque* (Epicharme — Pindare — Sophocle — Théocrite — Apollonius), in-16, broché. 3 fr. 50

Girard (J.) (suite) : *Essai sur Thucydide*, in-16, br. 3 fr. 50
Ouvrage couronné par l'Académie française.

Henry (V.), chargé de cours à la Faculté des lettres de Paris. *Précis de grammaire comparée du grec et du latin.* 1 vol. in-8, broché. 7 fr. 50

Merlet : *Études littéraires sur les grands classiques grecs*, avec des extraits empruntés aux meilleures traductions. 1 vol. in-16, broché. 4 fr.

Méthode uniforme pour l'enseignement des langues, par E. Sommer :
Abrégé de grammaire grecque. In-16, cartonné. 1 fr. 50
Exercices sur l'Abrégé de grammaire grecque. 1 vol. in-16, cart. 1 fr. 50
Cours de versions grecques, extraites du Recueil de Jacobs. 2ᵉ partie. 1 vol. in-16, cartonné. 1 fr.
Corrigé. 1 vol. in-16, broché. 1 fr. 25
Cours de thèmes grecs. In-16. 1 fr. 50
Cours complet de grammaire grecque. 1 vol. in-8, cartonné. 3 fr.
Exercices sur le Cours complet de grammaire grecque. In-8, cart. 3 fr.
Corrigé desdits. In-8, cart. 3 fr. 50
V. p. 19 pour la *langue latine*.

Ozaneaux. *Nouveau dictionnaire français-grec.* 1 vol. in-8, cart. toile. 15 fr.

Patin. *Études sur les tragiques grecs*, ou examen critique d'Eschyle, de Sophocle et d'Euripide, 4 vol. in-16, br. 14 fr.

Person (Léonce), ancien professeur au lycée Condorcet : *Exercices de traduction et d'application sur les mots grecs*, de MM. Bréal et Bailly, groupés d'après la forme et le sens. 1 vol. in-16, cart. 1 fr. 50.
Voyez *Bréal* et *Bailly*.

Petitjean (J.), professeur agrégé au lycée Condorcet. *Tableau d'analyse logique* (français, latin et grec), in-16, br. 80 c.

Petitjean et V. Glachant, professeur au lycée Charlemagne : *Exercices d'application* sur les Premières leçons de grammaire grecque de MM. Croiset et Petitjean. 1 vol. in-16, cartonné toile. 2 fr.
— *Exercices* sur l'abrégé de Grammaire grecque de MM. Croiset et Petitjean. 1 vol. in-16 cart. toile. 2 fr. 80
Voir *Croiset* et *Petitjean*.

Pierron. *Histoire de la littérature grecque.* 1 vol. in-16, broché. 4 fr.

Planche. *Dictionnaire grec-français*, refondu entièrement par Vendel-Heyl et A. Pillon. Nouvelle édition augmentée d'un vocabulaire des noms propres, par A. Pillon. 1 vol. grand in-8, cart. 5 fr.

Quicherat (L.). *Chrestomathie* ou premiers exercices de traduction grecque, avec un lexique. Grand in-18, cart. 1 fr. 25

Sommer. *Lexique grec-français*, à l'usage des classes élément. 1 vol. in-8, cart. 6 fr.
Voir *Méthode uniforme* pages 19 et 25.

Tournier, ancien maître de confér. à l'École normale supérieure. *Clef du vocabulaire grec.* 1 vol. in-16, cartonné. 2 fr. 50
— *Cours de Thèmes grecs.* 1 vol. in-16 cartonné. 1 fr. 50
— *Corrigé du Cours de Thèmes grecs.* 1 vol. in-16 cart. 1 fr. 50

Tournier et **Riemann**, *Premiers éléments de grammaire grecque.* 1 vol. in-8, cartonné. 1 fr. 50

Traductions françaises des chefs-d'œuvre de la littérature grecque sans le texte grec. In-16, broché. Chaque volume. 3 fr. 50
Le nom des traducteurs est indiqué entre parenthèses.

Anthologie grecque, 2 vol.
Aristophane (C. Poyard), 1 vol.
Diodore de Sicile (F. Hœfer), 4 vol.
Eschyle (Ad. Bouillet), 1 vol.
Euripide (Hinstin), 2 vol.
Hérodote (P. Giguet), 1 vol.
Homère (P. Giguet), 1 vol.
Lucien (E. Talbot), 2 vol.
Plutarque. Vies des hommes illustres (E. Talbot), 4 vol.
— Œuvres morales (Bétolaud), 5 vol.
Sophocle (Bellaguet), 1 vol.
Thucydide (E. Bétant), 1 vol.
Xénophon (E. Talbot), 2 vol.

Vernier (Em.), professeur à la Faculté des lettres de Besançon. *Petit traité de métrique grecque et latine.* 1 vol. in-16, cartonnage toile. 3 fr.

10° ÉTUDE DES LANGUES VIVANTES

1° LANGUE ALLEMANDE

Auerbach. *Choix de récits villageois de la Forêt-Noire.* Texte allemand, publié et annoté par M. B. Lévy, ancien inspecteur général de l'instruction publique; 1 vol. petit in-16, cartonné. 2 fr. 50

Le même ouvrage, traduction française, par M. Lang, sans le texte. 1 vol. petit in-16, broché. 3 fr. 50

Bacharach. *Grammaire allemande*, à l'usage des classes supérieures. In-16. 3 f. 75

Bacharach (suite): *Cours de thèmes allemands*, accompagnés de vocabulaires. In-16. cart.　　　　3 fr. 25

Benedix. *Le procès*, comédie. Texte allemand, annoté par M. Lange, chargé de conférences à la Faculté des lettres de Paris. 1 vol. petit in-16, cart.　　60 c.
Le même ouvrage, traduction française de Mme Boullenot avec le texte. 1 vol. in-16, broché.　　　　75 c.
Le même ouvrage, traduction *juxtalinéaire*, par M. Lange. In-16 br.　1 fr. 50
— *L'entêtement*. Texte allemand, annoté par M. Lange. Petit in-16, cart.　60 c.
Le même ouvrage, traduction française par M. Lange. 1 vol. in-16, broché.　75 c.
Le même ouvrage, traduct. *juxtalinéaire*, par M. Lange. 1 vol. in-16, br.　1 fr. 50
— *Scènes choisies du Théâtre de famille*, texte allemand, publié avec une introduction, des notices et des notes, par M. Feuillié, professeur au lycée Janson-de-Sailly. 1 vol. petit in-16, cart.　1 fr. 50
Le même ouvrage, traduction française par M. Feuillié. 1 vol. pet. in-16, br.　2 fr.

Bossert, inspecteur général de l'instruction publique. *Traité élémentaire de la formation des mots allemands*. 1 vol. in-16, cartonnage toile.　　　　1 fr. 50
— *Histoire abrégée de la littérature allemande* depuis les origines jusqu'en 1870, avec un choix de morceaux traduits, des notices et des analyses. 1 vol. in-16, cart. toile.　　　　4 fr.
— *Histoire de la littérature allemande* depuis les origines jusqu'à nos jours. 1 fort vol. in-16 de 1100 pages, broché.　5 fr.
Cartonné toile.　　　　5 fr. 50

Bossert et Beck. *Le premier livre d'allemand*, règles, listes de mots et exercices. 1 vol. in-16, ill., cart. toile.　1 fr. 20
— *Le deuxième livre d'allemand*. 1 vol. in-16, cart. toile.　　　　2 fr.
— *Grammaire élémentaire de la langue allemande*; 1 v. in-16, cart. toile. 1 fr. 50
— *Exercices sur la grammaire élémentaire de la langue allemande*, en 2 parties. 2 vol. in-16, cartonnage toile :
　1re partie. 1 vol.　　　　1 fr. 50
　2e partie. 1 vol.　　　　1 fr. 50
— *Les mots allemands groupés d'après le sens*. 1 vol. in-16, cart. toile.　1 fr. 50
— *Exercices sur les mots allemands groupés d'après le sens*. 1 v. in-16, cart. 1 fr. 50
— *Les mots allemands groupés d'après l'étymologie*. 1 vol. in-16, cart. toile.　4 fr.
— *Lectures enfantines allemandes*, à l'usage des classes préparatoires. 1 vol. in-16 avec grav., cart. toile.　1 fr.
Le même ouvrage, sans vocab. 1 v.　1 fr.

Bossert et Beck (suite): *Lectures élémentaires allemandes*, à l'usage des classes élémentaires. 1 v. in-16, cart. toile.　1 fr. 50
Le même ouvrage, sans vocab. 1 v. 1 fr. 50
— *Lectures pratiques allemandes*. 1er degré. Morceaux choisis et leçons de choses, avec des notes et un vocabulaire, 7e édit. 1 vol. in-16, cart. toile, avec gravures.　1 fr. 50
Le même ouvrage, sans vocabulaire. 1 fr. 50
— *Lectures pratiques allemandes*. 2e degré. Lectures géographiques, historiques et scientifiques accompagnées de poésies et suivies d'un choix de contes avec un vocabulaire, 5e édit. 1 v. in-16, c. t.　2 fr. 50

Braeunig et Dax. *Premiers exercices pratiques de langue allemande*, conformes aux programmes officiels de 1902, à l'usage des commençants. 1 vol. in-16, cartonné.　　　　1 fr. 50
— *Deuxièmes exercices pratiques de langue allemande*, conformes aux programmes officiels de 1902, à l'usage des classes élémentaires. 1 vol. in-16, cart. 1 fr. 50
— *Exercices pratiques de langue allemande* :
　Cl. de Septième. 1 v. in-16, c.　1 fr. 50
　Cl. de Grammaire. 1 v. in-19, c.　1 fr. 75

Campe. *Le jeune Robinson*. Texte allemand. 1 vol in-16, cartonné.　2 fr. 50

Chamisso. *Pierre Schlemihl*. Texte allemand, annoté par M. Koell, professeur au lycée Louis-le-Grand. Petit in-16, c. 1 fr.
Le même ouvrage, traduction française. 1 vol. petit in-16, broché.　　1 fr.

Chasles et Eguemann, *Les mots et les genres de la langue allemande*. 1 vol. in-8, cartonné.　　　　2 fr. 50
　Voir Eguemann.

Choix de fables et de contes en allemand, recueillis et publiés avec une introduction, des notices et des notes, par M. Mathis, professeur au lycée de Toulouse. 1 vol. petit in-16, cart. 1 fr. 50

Contes et morceaux choisis de Schmid, Krummacher, Liebeskind, Lichtwer, Hebel, Herder et Campe. Texte allemand, annoté par M. Scherdlin, ancien professeur au lycée Charlemagne. Petit in-16, cart.　1 fr. 50

Contes populaires tirés de Grimm, Musæus, Andersen et des *Feuilles de palmier* par Herder et Liebeskind. Texte allemand, annoté par M. Scherdlin. 1 vol. petit in-16, cart.　　2 fr. 50

Desfeuilles. *Abrégé de grammaire allemande*. In-16, cartonné.　　1 fr. 50
— *Exercices* sur l'Abrégé de grammaire allemande. In-16, cart.　1 fr. 50
— *Corrigé des exercices*. In-16, br.　2 fr.

Eguemann. *Le premier livre des mots, des racines et des genres en allemand.* 1 vol. in-18, cartonné. 75 c.
Voir *Chasles* et *Eguemann.*

Eichhoff. *Morceaux choisis en prose et en vers des classiques allemands.* 2 vol. in-16, cart. :
Ier vol. : Cours de Troisième. 1 fr. 50
IIe vol. : Cours de Seconde. 2 fr. 50

Feuillié, Muller et Schürr. *Deutsches Lesebuch,* choix de lectures allemandes conforme aux programmes officiels du 31 mai 1902. 1 v. in-16, cart. toile. 1 fr. 20

Gœthe. *Gœtz de Berlichingen.* Texte allemand, annoté par M. Lichtenberger, professeur à la Faculté des lettres de Paris, à l'usage des professeurs. 1 vol. grand in-8, broché. 10 fr.
— *Campagne de France.* Texte allemand, annoté par M. Lévy. 1 vol. petit in-16, cartonné. 1 fr. 50
Le même ouvrage, traduction française, par M. Porchat, sans le texte. 1 vol. petit in-16, broché. 2 fr.
— *Faust,* 1re partie. Texte allemand, annoté par M. Büchner, professeur à la Faculté des lettres de Caen. In-16, cart. 2 fr.
Le même ouvrage, traduction française, par M. Porchat, sans le texte allemand. 1 vol. petit in-16, broché. 2 fr.
— *Hermann et Dorothée.* Texte allemand annoté par M. Lévy. In-16, cart. 1 fr.
— *Hermann et Dorothée,* trad. française, par M. Lévy, avec le texte et des notes. 1 vol. in-16, br. 1 fr. 50
Le même ouvrage, traduction *juxtalinéaire,* par M. Lévy. In-16, br. 3 fr. 50
— *Iphigénie en Tauride.* Texte allemand, annoté par M. Lévy. Petit in-16, c. 1 fr. 50
Le même ouvrage, traduction française, par M. Lévy, avec le texte allemand et des notes. 1 vol. in-16, broché. 2 fr.
Le même ouvrage, traduction *juxtalinéaire,* par M. Lang. In-16, br. 3 fr. 50
— *Le Tasse,* Texte allemand, annoté par M. Lévy. 1 vol. petit in-16, cart. 1 fr. 80
Le même ouvrage, traduction française par M. Porchat, sans le texte allemand. 1 vol. in-16, broché. 2 fr.
Le même ouvrage, traduction *juxtalinéaire,* par M. Lang. In-16, br. 3 fr. 50
— *Morceaux choisis.* Texte allemand, annoté par M. Lévy. Petit in-16, cart. 3 fr.

Gœthe et Schiller : *Poésies lyriques.* Texte allemand publié avec une notice littéraire et des notes par M. H. Lichtenberger, professeur à la Faculté des lettres de Nancy. 1 vol. petit in-16, c. 2 fr. 50

Hauff. *Lichtenstein,* parties I et II. Texte allemand publié et annoté par M. Muller, professeur au collège Rollin. 1 vol. petit in-16, cartonné. 2 fr. 50
— *Lichtenstein,* traduction française par M. de Suckau. 1 vol. in-16, br. 1 fr.

Hebel : *Contes choisis* (Schatzkästlein) Texte allemand, publié avec une introduction, une notice, des notes, par M. Feuillié, professeur au lycée Janson-de-Sailly. 1 vol. petit in-16, cartonné. 1 fr. 50
Le même ouvrage, trad. française, sans le texte, par M. Feuillié. 1 v. p. in-16, b. 1 fr. 50
Voir *Contes et morceaux choisis.*

Heinhold. *Petit dictionnaire français-allemand et allemand-français.* 1 vol. in-16, cartonnage toile. 4 fr.

Henry (V.). *Précis de grammaire comparée de l'anglais et de l'allemand* rapportés à leur commune origine et rapprochés des langues classiques. 1 vol. in-8, broché. 7 fr. 50

Herder. *Idées sur la philosophie de l'histoire de l'humanité.* Texte allemand; édition complète. In-16, cart. 4 fr. 50

Hoffmann : *Le tonnelier de Nuremberg* (Meister Martin). Texte allemand, annoté par M. Bauer. Petit in-16, cart. 2 fr.
Le même ouvrage, traduction française par M. Malvoisin. Petit in-16, br. 1 fr.

Jehl, professeur au lycée de Lyon : *Chansons allemandes,* texte, musique et illustrations. 1 vol. in-16, cart. 1 fr. 50

Journal allemand (Le). *Deutsche Zeitung für die Französische Jugend.* Journal allemand pour les jeunes Français. Ce journal paraît le premier et le troisième samedi de chaque mois, à l'exception des mois d'août et de septembre.
— Abonnement : 6 fr. par an.

Kleine Zeitung (Die). Petit journal allemand pour les enfants, rédigé par MM. Sigwalt et Bauer. 1901-2. 1 vol. cart. 3 fr. 50
Abonnement année 1902-1903 : 1 an. 3 fr. 50

Kleist : *Michaël Kohlhaas.* Texte allemand, annoté par M. Koch. 1 vol. petit in-16, cartonné. 1 fr.
Le même ouvrage, traduit en français par Mme Ida Becker, avec le texte allemand. 1 vol. in-16, br. 2 fr. 50
Le même ouvrage, trad. juxtalinéaire par Mme Ida Becker. 1 vol. in-16, br. 4 fr.

Koch, professeur au lycée Saint-Louis : *Cours primaire d'allemand.* 1 vol. in-16, cartonné. 2 fr.
— *La classe en allemand,* nouveaux dialogues. Petit in-16, cartonné. 1 fr. 25
— *Lexique français-allemand,* rédigé conformément au décret du 19 juin 1880.

à l'usage des candidats au baccalauréat.
1 vol. in-16, cartonnage toile. 4 fr.
> Reconnu conforme à la note officielle du 29 janvier 1891.

Koch (suite). *Lexique allemand-français*, contenant un grand nombre de termes nouveaux et l'indication de la nouvelle orthographe allemande. 1 vol. in-16, cart. toile. 6 fr.

Kotzebuë. *La petite ville allemande*, suivie d'extraits de *Misanthropie et Repentir*, et de l'*Epigramme*. Texte allemand, annoté par M. Bailly, professeur au lycée Condorcet. 1 vol. petit in-16, cart. 1 fr. 50
Le même ouvrage, traduction française par M. Desfeuilles, avec le texte allemand. 1 vol. in-16, broché. 2 fr.
Le même ouvrage, trad. juxtalinéaire par M. Desfeuilles. 1 vol. in-16, br. 3 fr. 50

Lectures géographiques. Textes extraits des écrivains allemands, par M. Kuhff, avec exercices et cartes. In-16, cart. 3 fr.

Le Roy. *Recueil de versions allemandes.* Textes et traductions. 2 vol. in-16. 2 fr.

Lessing. *Fables*, annotées par M. Boutteville. 1 vol. in-16, cartonné. 1 fr.
Le même ouvrage, trad. *juxtalinéaire*, par M. Boutteville. In-16, br. 1 fr. 50
— *Dramaturgie de Hambourg.* Extraits annotés par M. Cottler. 1 vol. petit in-16, cartonné. 1 fr. 50
Le même ouvrage, traduction française, par M. Desfeuilles, avec le texte en regard. 1 vol. in-16, broché. 3 fr.
Le même ouvrage, trad. *juxtalinéaire*, par M. Desfeuilles. 1 v. in-16, br. 7 fr. 50
— *Lettres sur la littérature moderne et lettres archéologiques.* Extraits annotés par M. Cottler. 1 vol. petit in-16, cartonné, 2 fr.
— *Laocoon.* Texte allemand, annoté par M. Lévy. 1 vol. petit in-16, cartonné. 2 fr.
Le même ouvrage, trad. fr. par M. Courtin, sans le texte. 1 vol. petit in-16, br. 2 fr.
— *Minna de Barnheim.* Texte allemand, par M. Lévy. Petit in-16, cart. 1 fr. 50
Le même ouvrage, traduction française par M. Lang. 1 vol. petit in-16, br. 2 fr.

Lévy (B.), ancien inspecteur général de l'Instruction publique : *Exercices de conversation allemande*. 3 vol. in-16, cart.
I. *Exercices sur les parties du discours*, à l'usage des cours élémentaires. 1 volume. 1 fr. 25
Traduction française, par M. Hildt. 1 vol. in-16, broché. 1 fr. 50
II. *Sujets de conversation*, à l'usage des cours moyens. 1 vol. 1 fr. 75
Traduction française, par M. Schmitt. 1 vol. in-16, broché. 2 fr.

III. *Sujets de conversation*, à l'usage des cours supérieurs. 1 vol. 3 fr.
Traduction française, par M. Schmitt. 1 vol. in-16, broché. 3 fr. 50

Lévy (B.) (suite). *Recueil de lettres allemandes*, avec notes en français. 1 vol. in-16, cartonné. 2 fr.
Le même ouvrage, reproduit en écritures autographiques. 1 vol. in-8, cart. 3 fr. 50

Martin (A.), professeur d'allemand au lycée Janson-de-Sailly, et **Leray**, professeur au cours complémentaire de Rennes : *Idiotismes et proverbes de la conversation allemande*, classés d'après le plan des mots allemands de MM. Bossert et Beck. 1 vol. in-18, cart. toile. 1 fr. 50
— *Exercices sur les idiotismes et les proverbes de la conversation allemande.* 1 vol. in-16, cart., toile. 1 fr. 50

Niebuhr. *Histoires tirées des temps héroïques de la Grèce.* Texte allemand, annoté, par M. Koch. 1 vol. petit in-16, cartonné. 1 fr. 50
Le même ouvrage, traduction française, par Mme Koch, avec le texte allemand. 1 vol. in-16, broché. 1 fr. 75
Le même ouvrage, traduction juxtalinéaire, par Mme Koch. In-16. 2 fr. 50

Petit Journal allemand. Voir Kleine Zeitung.

Riquiez, professeur agrégé d'allemand au lycée Louis-le-Grand. *Manuel de grammaire allemande.* Résumé des principales difficultés grammaticales enseignées par des exemples. 1 vol. in-16, cartonné. 1 fr. 50
— *Cours de thèmes allemands.* 1 vol. in-16, cartonné. 1 fr. 50

Rod (Ed.) *Morceaux choisis des littératures étrangères.* 1 vol. in-16, br. 6 fr.

Scherdlin, ancien professeur au lycée Charlemagne. *Cours de thèmes allemands*, à l'usage des candidats au baccalauréat et à l'École Saint-Cyr. In-16, cart. 3 fr.
— *Traduction allemande* du Cours de thèmes. In-16, broché. 3 fr. 50
— *Cours élémentaire de thèmes allemands*, à l'usage des classes de 9e, 8e et 7e avec des éléments de grammaire et un lexique. 1 vol. in-16, cart. 2 fr.
— *Lectures enfantines*, à l'usage des classes Préparatoires. In-16, cartonné. 1 fr. 25
— *Morceaux choisis d'auteurs allemands*, en prose et en vers, publiés avec des notes et un vocabulaire ; in-16, cart. :
Classe de Huitième. 1 vol. 75 c.
Classe de Septième. 1 vol. 75 c.
Classe de Sixième. 1 vol. 1 fr.
Classe de Cinquième. 1 vol. 1 fr.
Classe de Quatrième. 1 vol. 1 fr.

Classe de Troisième. 1 vol. 1 fr. 50
Classe de Seconde. 1 vol. 1 fr. 50
Schiller. *Histoire de la guerre de Trente ans.* Texte allemand annoté par MM. Schmidt et Leclaire. 1 vol. petit in-16, cartonné. 2 fr. 50
Le même ouvrage, traduction française de M. Ad. Regnier, sans le texte allemand. 1 vol. petit in-16, br. 3 fr. 50
— *Histoire de la révolte qui détacha les Pays-Bas de la domination espagnole.* Texte allemand, annoté par M. Lange. 1 vol. petit in-16, cart. 2 fr. 50
Le même ouvrage, traduction française, par M. Ad. Regnier, sans le texte. 1 vol. in-16, broché. 3 fr.
— *Jeanne d'Arc.* Texte allemand, annoté par M. Bailly. 1 vol. petit in-16, cart. 2 fr. 50
Le même ouvrage, traduction française, par M. Ad. Regnier, sans le texte, 1 v. petit in-16, br. 2 fr.
— *Guillaume Tell,* drame. Texte allemand, annoté par M. Th. Fix. 1 vol. in-16 cartonné. 1 fr. 50
Le même ouvrage, traduction française avec le texte en regard, par M. Fix. 1 vol. in-16, broché. 2 fr. 50
Le même ouvrage, traduction *juxtalinéaire,* par M. Fix. 1 v. in-16, br. 5 fr.
— *La fiancée de Messine.* Texte allemand, publié avec des notes par M. Scherdlin. 1 vol. petit in-16, cartonné. 1 fr. 50
— *Le même ouvrage,* traduction française par M. Ad. Regnier, avec le texte. 1 vol. in-16, broché. 2 fr.
Le même ouvrage, traduction *juxtalinéaire,* par M. Schnaufer. 1 vol. in-16, broché. 3 fr. 50
— *Marie Stuart,* tragédie. Texte allemand, annoté par M. Fix. In-16, cart. 1 fr. 50
Le même ouvrage, traduction française avec le texte en regard, par M. Fix. 1 vol. in-16, broché. 4 fr.
Le même ouvrage, traduction *juxtalinéaire,* par M. Fix. 1 v. in-16, br. 6 fr.
— *Morceaux choisis,* publiés et annotés par M. Lévy. 1 vol. petit in-16, cartonné. 3 fr.

— *Oncle et neveu,* comédie. Texte allemand, annoté par M. Briois. 1 vol. petit in-16, cartonné. 1 fr.
Le même ouvrage, traduction française, sans le texte. 1 vol. petit in-16, br. 1 fr.
— *Wallenstein.* Texte allemand, annoté par M. Cottler. Petit in-16, cart. 2 fr. 50
Le même ouvrage, traduction française, par M. Ad. Regnier, sans le texte. 1 vol. petit in-16, broché. 3 fr.
Schiller et Gœthe. *Extraits de leur correspondance.* Texte allemand, annoté par M. B. Lévy. Petit in-16, cart. 3 fr.
Le même ouvrage, trad. franç., par M. B. Lévy. 1 vol. petit in-16, br. 3 fr. 50
— *Poésies lyriques,* texte allemand publié et annoté par M. Lichtenberger, maître de conférences à la Faculté des lettres de Nancy. 1 vol. petit in-16, cart. 2 fr. 50
Schmid. *Les œufs de Pâques.* Texte allemand, annoté par M. Scherdlin. 1 vol. petit in-16, cart. 1 fr. 25
— *Cent petits contes.* Texte allemand, annoté par M. Scherdlin. 1 vol. petit in-16, cartonné. 1 fr. 50
Le même ouvrage, trad. *juxtalinéaire,* par M. Scherdlin, 1 v. in-16, br. 2 fr.
Sigwalt, professeur agrégé d'allemand au lycée Michelet. *Morceaux choisis de prose et de vers* des principaux chefs-d'œuvre de la littérature allemande. 1 vol. » »
Stoeffler (R.), professeur d'allemand au lycée de Nantes : *Grammaire allemande* en allemand. 1 vol. in-16, cartonnage toile. 1 fr. 50
— *Exercices de conversation allemande* (Deutsche Sprechübungen). Vocabulaire, leçons de choses, dialogues sur les *Tableaux muraux encyclopédiques.* 1 vol. in-16, cartonné. 1 fr. 50
Suckau. *Dictionnaire allemand-français et français-allemand,* complètement refondu et remanié par M. Th. Fix. 1 fort vol. grand in-8, cartonnage toile. 15 fr.

Le *Dictionnaire allemand-français* et le *Dictionnaire français-allemand* se vendent chacun séparément, cart. toile. 8 fr.

2° LANGUE ANGLAISE

Aikin et Barbauld : *Soirées au logis* (Evenings at home). Extraits publiés avec des notices et des notes, par M. Tronchet, professeur au lycée de Lyon. 1 vol. petit in-16, cartonné. 1 fr. 50
Battier et Legrand, agrégés de l'Université. *Lexique français-anglais,* rédigé conformément au décret du 19 juin 1880, à l'usage des candidats au baccalauréat. 1 vol. in-16, cart. toile. 4 fr.
Reconnu conforme à la note officielle du 29 janvier 1881.

Baume (P.). *Correspondance générale anglaise et française.* 1 vol. in-16, cartonnage toile. 3 fr. 50
Beljame (A.), professeur adjoint à la Faculté des lettres de Paris. *Première année d'anglais.* 1 vol. in-16, cart. 1 fr.
— *Deuxième année d'anglais.* 1 vol. in-16, cart. 1 fr. 25
— *First English reader,* à l'usage de la classe Préparatoire. 1 vol. in-16, cart. toile. 1 fr.
Le même ouvrage, sans vocab. 1 fr.

Beljame (A.), *Second English reader.* Classe de Huitième. 1 vol. in-16, cartonné toile. 1 fr. 25
Le même ouvrage, sans vocab. 1 fr. 25
— *Third English reader.* Classe de Septième. 1 vol. in-16, cart. toile. 1 fr. 50
Le même ouvrage, sans vocab. 1 fr. 50
— *Fourth English reader.* Classe de Sixième. 1 vol. in-16, cart. toile. 1 fr. 50
Le même ouvrage, sans vocab. 1 fr. 50
— *Exercices oraux de langue anglaise.* 1 vol. in-16, cartonné. 1 fr. 50
— *Cours pratique de prononciation anglaise.* 1 vol. in-8, cartonné. 2 fr.
— *Chansons anglaises* (English songs). 1 vol. avec musique et gravures, in-16, cart. 1 fr. 50

Bellows (J.). *Dictionnaire de poche anglais-français et français-anglais*, édition revue par M. Beljame, 1 vol. in-32, relié. 13 fr. 50

Bossert et **Beljame**. *Les mots anglais groupés d'après le sens.* 1 vol. in-16, cartonnage toile. 1 fr. 50
V. Soult.

Byron. *Childe Harold.* Texte anglais, annoté par M. Émile Chasles, inspecteur général de l'instruction publique. 1 vol. petit in-16, cartonné. 2 fr.
Le même ouvrage, traduction de M. Bellet, avec le texte. In-16, broché. 3 fr.
Le même ouvrage, traduction juxtalinéaire, par M. Bellet. 1 vol. in-16, 6 fr.
Chacun des trois premiers chants. 1 fr. 50
Le quatrième chant. 2 fr. 50

Choix de contes anglais publié et annoté par M. Beaujeu, professeur au lycée Condorcet. 1 vol. petit in-16, cart. 1 fr. 50
Le même ouvrage, traduction française. 1 vol. petit in-16, br. 1 fr. 50

Cook (le capitaine). *Voyages.* Texte anglais. Extraits annotés par M. Angellier. 1 vol. petit in-16, cartonné. 2 fr.

Corner (Miss). *Histoire d'Angleterre.* Texte anglais ; édition complète. In-16, cartonnage toile. 3 fr. 50
— *Abrégé de l'Histoire d'Angleterre.* Texte anglais. In-18, cartonnage toile. 2 fr.
— *Histoire de la Grèce.* Texte anglais ; édit. complète. In-16, cart. toile. 3 fr. 50
— *Abrégé de l'Histoire de la Grèce.* Texte anglais. In-18, cartonnage toile. 2 fr.

Corsin, professeur d'anglais au lycée de Nantes. *Grammaire anglaise en anglais* (English grammar). 1 vol. in-16, cartonné. 1 fr. 50

Dickens. *David Copperfield.* Texte anglais. In-16, cartonnage toile. 2 fr. 50
Le même ouvrage, trad. franç. 2 vol. in-16, br. 2 fr.

Dickens (suite). *Nicolas Nickleby.* Texte anglais. In-16, cartonnage toile. 2 fr. 50
Le même ouvrage, trad. franç. 2 vol. in-16, br. 2 fr.
— *Un conte de Noël* (A Christmas carol's). Texte anglais, publié et annoté par M. Fiévet, professeur au lycée Henri IV. 1 vol. petit in-16, cart. 1 fr. 50
— *Contes de Noël*, trad. franç., in-16. 1 fr.

Edgeworth (Miss). *Contes choisis*, annotés par M. Motheré, professeur au lycée Charlemagne. 1 vol. petit in-16, cart. 2 fr.
— *Forester.* Texte anglais, annoté par M. A. Beljame. Petit in-16, cart. 1 fr. 50
Le même ouvrage, traduction française de M. Beljame. Petit in-16, br. 1 fr. 50
— *Old Poz*, texte annoté par M. A. Beljame. 1 vol. petit in-16, cart. 40 c.

Eichhoff. *Morceaux choisis en prose et en vers des classiques anglais.* 3 vol. in-16, cartonnés :
1er vol. : Cours de Troisième. 1 fr. 50
2e vol. : Cours de Seconde. 2 fr. 50
3e vol. : Cours de Rhétorique. 3 fr.

Éliot (G.). *Silas Marner.* Texte anglais, annoté par M. Malfroy, professeur au lycée Lakanal. Petit in-16, cart. 2 fr. 50
Le même ouvrage, trad. française. 1 vol. in-16, broché. 1 fr.
— *Adam Bede*, texte anglais, 1 vol. in-16, cartonné. 3 fr.
Le même ouvrage, trad. franç. 2 vol. in-16, br. 2 fr.

Filon (Augustin). *Histoire de la littérature anglaise.* 1 vol. in-16, br. 6 fr.

Fleming. *Abrégé de grammaire anglaise.* 1 vol. in-16, cartonné. 1 fr. 25
— *Exercices.* In-16, cart. 1 fr. 25
— *Cours complet de grammaire anglaise.* 1 vol. in-8, cartonné. 3 fr.
— *Exercices* par M. Aug. Beljame. In-8. 3 fr.

Foe (Daniel de). *Vie et aventures de Robinson Crusoé.* Texte anglais, annoté par M. A. Beljame. Petit in-16, cart. 1 fr. 50

Franklin (B.) : *Autobiographie.* Texte anglais, annoté par M. Fiévet. 1 vol. petit in-16, cartonné. 1 fr. 50
Le même ouvrage, traduction française p. M. Laboulaye. 1 v. pet. in-16, br. 1 fr. 50

Goldsmith. *Le vicaire de Wakefield.* Texte anglais, annoté par M. A. Beljame. 1 vol. petit in-16, cartonné. 1 fr. 50
Le même ouvrage, traduction française, seule. 1 vol. in-16, broché. 1 fr.
— *Le voyageur ; le village abandonné.* Texte anglais, annoté par M. Motheré. 1 vol. petit in-16, cartonné. 75 c.
Le même ouvrage, traduction française de M. Legrand, avec le texte. 1 vol. in-16, broché. 75 c.

Le même ouvrage, traduction *juxtalinéaire*, par M. Legrand. In-16. 1 fr. 50
Goldsmith (suite). *Essais choisis*. Texte
anglais, annoté par M. Mac Enery. Petit
in-16, cart.   1 fr. 50
Gousseau et Koch. *La classe en anglais*.
Nouveaux dialogues. 1 vol. petit in-16,
cartonné.   1 fr. 25
Gray. *Choix de poésies*. Texte anglais,
annoté par M. Legouis, maître de conférences à la Faculté des lettres de Lyon.
1 vol. petit in-16, cartonné.   1 fr. 50
Henry (V.). *Précis de grammaire comparée de l'anglais et de l'allemand* rapportés à leur commune origine et rapprochés des langues classiques. 1 vol.
in-8, broché.   7 fr. 50
Irving (Washington). *Le livre d'esquisses*
(The sketch book). Extraits publiés par
M. Fiévet, professeur au lycée Henri IV.
1 vol. petit in-16, cartonné.   2 fr.
— *La vie et les voyages de Christophe
Colomb*. Texte anglais, édition abrégée
par M. E. Chasles, inspecteur général.
1 vol. petit in-16, cartonné.   2 fr.
Journal anglais (Le). *The English
journal, a periodical for French youth*.
Journal anglais pour les jeunes Français.
Ce journal paraît le second et le quatrième
samedi de chaque mois, à l'exception
d'août et de sept. — Abonn: 6 fr. par an.
Korts (G.) : *Commercial terms*. Vocabu-
laire anglais-français et français-anglais.
1 vol. in-16, cartonnage toile.   2 fr.
Le Roy. *Recueil de versions anglaises*.
Textes et traductions. 2 vol. in-16, br. 2 fr.
Longfellow. *Evangéline et poèmes choi-
sis*. Texte anglais, publié et annoté par
M. Malfroy. 1 vol. in-16, cart. toile. 3 fr.
Macaulay. *Morceaux choisis des Essais*.
Texte anglais, annoté par M. A. Beljame.
1 vol. petit in-16, cart.   2 fr. 50
— *Morceaux choisis de l'histoire d'Angleterre*. Texte anglais, annoté par M. Battier.
1 vol. petit in-16, cart.   2 fr. 50
Mac Enery, professeur au lycée Condorcet. *L'anglais mis à la portée de tout
le monde*. 1 vol. in-16, cartonné.   2 fr.
Meadmore, professeur agrégé au lycée
Condorcet : *Les idiotismes et les proverbes de la conversation anglaise*,
groupés d'après le plan des mots anglais
de MM. Bossert et Beljame. 1 vol. in-16,
cartonnage toile.   1 fr. 50
— *Exercices sur les idiotismes et les proverbes de la conversation anglaise*.
1 vol. in-16, cart. toile.   1 fr. 50
— *Jeux anglais pour les écoles* (English
games for the schoolroom). 1 vol. in-16,
cart.   1 fr.

Milton. *Paradis perdu*, livres I et II.
Texte anglais, annoté par M. A. Beljame.
1 vol. petit in-16, cartonné.   90 c.
Le même ouvrage, traduction *juxtalinéaire*, par M. Legrand. In-16. 2 fr. 50
Morel, professeur au lycée Louis-le-Grand.
Cours de thèmes anglais, à l'usage des
classes supérieures et des candidats au
baccalauréat. 1 vol. in-16, cart.   2 fr. 50
Nugent. *Dictionnaire de poche français-
anglais et anglais-français*. 1 vol. in-32,
cart. toile.   3 fr. 50
Pope. *Essai sur la critique*. Texte anglais,
annoté par M. Motheré. Petit in-16. 75 c.
Le même ouvrage, traduction française,
par M. Motheré, avec le texte. In-16. 1 fr.
Le même ouvrage, traduction *juxtalinéaire*, par M. Motheré. In-16. 1 fr. 50
Ragon. *Correspondance commerciale
française et anglaise*. 1 vol. in-16, cartonnage toile.   3 fr. 50
Shakespeare. *Coriolan*. Texte anglais,
annoté par M. Fleming. 1 vol. in-16,
cartonné.   2 fr.
Le même ouvrage, trad. française, avec
le texte, par M. Fleming. 1 vol. in-16,
broché.   4 fr.
Le même ouvrage, traduction *juxtali-
néaire*. 1 vol. in-16, broché.   6 fr.
— *Jules César*. Texte anglais, annoté par
M. Fleming. Petit in-16, cart.   1 fr. 25
Le même ouvrage, traduction par M. Mon-
tégut, avec le texte. In-16.   1 fr. 50
Le même ouvrage, traduction *juxtali-
néaire*, par M. Legrand. In-16. 2 fr. 50
— *Henri VIII*. Texte anglais, annoté par
M. Morel. Petit in-16, cartonné. 1 fr. 25
Le même ouvrage, traduction française
par M. Montégut. In-16, br.   1 fr. 50
Le même ouvrage, traduction *juxtali-
néaire*, par M. Morel. In-16, br. — 3 fr.
— *Macbeth*, Texte anglais, annoté par
M. Morel. 1 vol. petit in-16, cart. 1 fr. 80
Le même ouvrage, trad. franç. de M. Monté-
gut, avec le texte. 1 v. in-16, br. 1 fr. 50
Le même ouvrage, trad. *juxtalinéaire*,
par M. Angellier. 1 v. in-16, br. 2 fr. 50
— *Othello*. Texte angl., annoté par M. Morel.
1 vol. petit in-16, cart.   1 fr. 80
Le même ouvrage, traduction française
par M. Montégut, avec le texte. 1 vol.
in-16, broché.   1 fr. 50
Le même ouvrage, traduction *juxtali-
néaire*, par M. Legrand. 1 vol. in-16 3 fr.
— *Richard III*. Texte anglais. In-18. 1 fr.
Le même ouvrage, traduction française
par M. Bellet. In-16, broché.   2 fr.
Le même ouvrage, traduction *juxtalinéaire*, par M. Bellet. In-16, br.   4 fr

Soult (M™*). *Exercices sur les mots anglais groupés d'après le sens de MM. Bossert et Beljame.* 1 volume in-16, cartonnage toile. 1 fr. 50

Stuart Mill. *La Liberté.* Texte anglais. 1 vol. in-16, cartonné. 1 fr. 60

Tennyson. *Enoch Arden.* Texte anglais, annoté par M. Al. Beljame. 1 v. petit in-16, cart. 1 fr.
Le même ouvrage, traduction française par le même. 1 vol. in-18, br. 50 c.

Walter Scott. *Extraits des contes d'un grand-père.* Texte anglais, annoté par M. Talandier. Petit in-16, cart. 1 fr. 50
— *Morceaux choisis* annotés par M. Battier. 1 vol. petit in-16, cartonné. 3 fr.
— *Les puritains d'Ecosse* (Old mortality). Texte anglais, in-16, cartonné. 2 fr.
— *L'antiquaire.* Texte anglais. In-16, c. 2 fr.
— *Rob Roy.* Texte anglais. In-16, c. 2 fr.
— *Ivanhoë.* Texte anglais. In-16, c. 2 fr.

3° LANGUE ITALIENNE

Dante. *L'Enfer,* 1ᵉʳ chant. Texte italien, annoté par M. Melzi. Petit in-16. 75 c.
Le même ouvrage, traduction *juxtalinéaire.* 1 vol. in-16, broché. 1 fr.

Étienne, ancien recteur d'Académie : *Histoire de la littérature italienne, depuis ses origines jusqu'à nos jours;* 2ᵉ édition. 1 vol. in-16, broché. 4 fr.
[Ouvrage couronné par l'Académie française.

Guichard, professeur d'italien au lycée de Grenoble. *Les mots italiens groupés d'après le sens.* 1 vol. in-16, cart. 1 fr. 50
— *Exercices sur les mots italiens.* 1 vol. cart. toile. 1 fr. 50

Guichard (suite). *Petite grammaire italienne.* 1 vol. in-16, cart. toile. 1 fr. 50

Machiavel. *Discours sur la première décade de Tite-Live.* Texte italien, réduit à l'usage des classes, et précédé d'une introduction en français, par M. de Tréverret, professeur à la Faculté des lettres de Bordeaux. 1 vol. in-16, br. 2 fr. 50

Morceaux choisis en prose et en vers des classiques italiens, publiés par M. Louis Ferri. 1 vol. petit in-16, cartonné. 2 fr.

Paoli. *Abrégé de grammaire italienne.* 1 vol. in-16, cartonné. 1 fr. 25

Rapelli. *Exercices sur l'abrégé de la grammaire italienne.* In-16, c. 1 fr. 25

4° LANGUE ESPAGNOLE

Bustamante (Corona). *Diccionario frances-español.* 1 vol. in-8, relié. 17 fr.

Calderon de la Barca. *Le magicien prodigieux.* Texte espagnol, publié par M. Magnabal. 1 v. petit in-16, cart. 1 fr.

Cervantès. *Le captif,* texte espagnol extrait de *Don Quichotte,* publié avec des notes par M. J. Merson. In-16, cart. 1 fr.
Le même ouvrage, traduction française, avec le texte en regard, par M. J. Merson. In-16 broché. 2 fr.

Hernandez. *Abrégé de grammaire espagnole.* 1 vol. in-16, cartonné. 1 fr. 25
— *Exercices.* In-16, cartonné. 1 fr. 25
— *Cours complet de grammaire espagnole.* 1 vol. in-8, cartonné. 3 fr. 50

Lanquine et Baro, professeurs aux Écoles municipales supérieures de la Ville de Paris. *Les mots espagnols groupés d'après le sens.* 1 vol. in-16, cart. toile. 1 fr. 50
— *Exercices sur les mots italiens groupés d'après le sens.* 1 vol. in-16, cart. 1 fr. 50

Mendoza (Hurtado de). *Morceaux choisis de la guerre de Grenade.* Texte espagnol, publié et annoté par M. Magnabal. 1 vol. petit in-16, cartonné. 90 c.

Morceaux choisis en prose et en vers des classiques espagnols, publiés par MM. Hernandez et Le Roy. 1 vol. petit in-16, cartonné. 2 fr.

Solis (Antonio de). *Morceaux choisis de la conquête du Mexique.* Texte espagnol, publié par M. Magnabal. 1 vol. petit in-16, cartonné. 1 fr. 80

49117. — Imprimerie LAHURE, rue de Fleurus, 9, à Paris. — 10-1902 — 20 000